内米洛夫斯基作品集

大卫
格德尔

舞会

—
David
Golder

〔法〕伊莱娜·内米洛夫斯基 著　Le

袁筱一 译　Bal

人民文学出版社

图书在版编目(CIP)数据

大卫·格德尔;舞会/(法)伊莱娜·内米洛夫斯基著;
袁筱一译. —北京:人民文学出版社,2018
(内米洛夫斯基作品集)
ISBN 978-7-02-014007-7

Ⅰ.①大… Ⅱ.①伊… ②袁… Ⅲ.①中篇小说-小说集-法国-现代 Ⅳ.①I565.45

中国版本图书馆 CIP 数据核字(2018)第 057876 号

责任编辑 甘 慧 何炜宏 郁梦非
装帧设计 钱 珺

出版发行 人民文学出版社
社　　址 北京市朝内大街 166 号
邮　　编 100705
网　　址 www.RW-cn.com

印　　刷 山东德州新华印务有限责任公司
经　　销 全国新华书店等

字　　数 165 千字
开　　本 787×1092 毫米 1/32
印　　张 7.5
插　　页 2
版　　次 2008 年 6 月北京第 1 版
印　　次 2018 年 9 月第 1 次印刷

书　　号 978-7-02-014007-7
定　　价 38.00 元

如有印装质量问题,请与本社图书销售中心调换。电话:010-65233595

目录

《大卫·格德尔》所开启的小说世界(代译序) 001

大卫·格德尔 001

舞会 171

《大卫·格德尔》所开启的小说世界(代译序)

袁筱一

在第二次世界大战胜利六十周年之际,伊莱娜·内米洛夫斯基的《法兰西组曲》颇具传奇意味地出现在各国读者的面前。《法兰西组曲》是关于二战时期的法国在占领前和占领后的众生像。这幅弥足珍贵却尘封多年的历史画卷竟然由一位灾难降临之时被法国毫不犹豫地抛弃的犹太人来完成。似乎相较于作品本身,人们更为小说背后的悲剧、更为作家的特殊身份和经历所触动。

文学史与**历史**于是以一种特殊的方式纠结在一起,为我们呈现出一个华丽的事件。这时候,对于已经遭到文学史遗忘的伊莱娜·内米洛夫斯基来说,《法兰西组曲》的写作本身就被定格为**历史**的一个符号,永远地镌刻了下来。并且,是这个符号为她再度敲开了文学史的大门。它使得我们能够有机会重新阅读伊莱娜·内米洛夫斯基在三十年代到四十年代初期的所有作品,有机会确认她作为小说家所创造的作品整体的价值。事件从被遗忘的极端走向了另一个极端。三家出过内米洛夫斯基的出版社忙不迭地再版她的所有作品,而包括《法兰西组曲》在内的若干遗稿也终于见了天日。至此,我们见到了伊莱娜·内米洛夫斯基从《大卫·格德尔》到《法兰西组曲》的小说作品整体。

作为序曲的《大卫·格德尔》和《舞会》

遗忘的确存在，在《法兰西组曲》登上亚马逊排行榜之前，几乎没有人再记得这位曾凭借篇幅不算很长的《大卫·格德尔》震惊过法语文坛的犹太作家。大家都忘记了，一九二九年，她在分娩前匆匆寄往格拉塞出版社的《大卫·格德尔》也铸就了一个少有的、颇值得玩味的文学事件。手稿除了一个保留邮箱，没有任何其他个人信息，格拉塞往保留邮箱寄信却未能得到回音后，在报上登了寻人启事，把在小说寄出后就去生孩子的内米洛夫斯基呼唤了出来。

出乎意料的是：作者是个女人，不美，羞涩。与此有些不大对称的是，《大卫·格德尔》的文风简单直接，冷静、甚至有些冷酷，没有一丝迂回，没有一丁点浪漫或梦想的意味。审阅过稿件的人推测，作者或许是一位不太优雅却同样冷峻的莫里亚克，或许是现代意义上的巴尔扎克，总之应该是个男人。

小说在出版前就已经炒作了一把，这让一向善于市场运作，甚至在出版《魔鬼附身》时为了炮制所谓天才少年不惜涂改作者拉蒂盖出生年月的格拉塞着实窃喜。莫里亚克的老去、拉蒂盖的离世让格拉塞感到了前所未有的压力。他一直在等待和寻找，这一次他觉得自己等到了——虽然这是一个没有拿到法国国籍的犹太小说家；虽然在十几年后到来的灾难里，格拉塞的态度为相当多的人所不齿。

其实对于《大卫·格德尔》的文学价值，所有的审稿人都本能地感觉到了。小说的主人公是个犹太老赌徒，在小说开始后不久，这个形象就已经生动地出现在读者的面前："胖乎乎、软绵绵的四肢，眼睛是水的颜色，生动却惨淡；浓厚的白发包裹着一张饱经沧桑的、生硬的，仿佛被一只粗暴而笨重的手揉捏过的脸。"然而这是个身上不乏故事的老赌棍。如果说巴尔扎克笔下的高老头所代表的世界只是上升的资产阶级社会的一角，大卫·格德尔身上却浓缩了我们所熟知的众多犹太标记。

小说篇幅不长而高潮迭起，始终围绕着主人公大卫·格德尔，犹以三场赌局推进情节的发展：与合伙人马居斯赌，为女儿的新车上赌场赌，最后又是为了女儿与俄国人赌。三场赌局皆以他的胜利而告终，马居斯自杀；赌桌上，格德尔也为女儿赢得了买新车、带"小白脸去东游西逛"的钱，甚至在最后，难缠的俄国人也拿她毫无办法。但也正是这三场赌局让他彻底交付出了自己的命。格德尔死在海上，身边一个亲人也没有，只有偶然相逢的、也和当初的他一般做着寻金梦的犹太小伙子。生命是轮回，到了终点的时候，一切又仿佛回到了起点："一条阴暗的小街，点起灯火的店铺，他童年的小街，贴着冰凉的玻璃窗的蜡烛，晚上，雪花落下来，还有他自己……"即便不是在自己高烧的梦中，在某个地方，也许别的什么人正在将类似的生命经历重新来过。

和《法兰西组曲》不同，作为开始，《大卫·格德尔》描述的是纯粹的犹太人世界。而据说是在《大卫·格德尔》的两章之间写就的《舞会》尽管转换了主题，却也仍然在一个犹太暴发户的家庭背景下展开。暴发户的粗俗，对上流世界的盲目向往，不顾一切追求的奢华与排场使得《舞会》更像是对《大卫·格德尔》的犹太大资产阶级世界的补充。

表面上看起来，这个世界的基调是自莎士比亚以来就早已奠定的，充满狡诈、欺骗、冒险与背叛。不管感情上能否接受，所有人都会对《大卫·格德尔》和《舞会》中所昭示出来的某些特性标记予以认同，犹太人对金钱的执著趣味：他们挣钱不是为了自己的享受，但却极为热衷此道，乐此不疲；他们对家庭所具有的没有任何温情意味的使命感和责任感：老苏瓦菲尔可谓是典型的代表，他痛恨家人，家人也痛恨他，"但是他却留给他们三千万以上的财产，完美地完成了这尘世赋予犹太人的奇怪的命运"；还有对死亡的强烈恐惧——格德尔在得知自己的病情之后，曾经毫不犹豫地为自己安排好一切，过起简单的生活，每天，"他围着房子走上两圈，计算着每一次肌肉的运动，计算着每一次动脉和心脏的跳动。他亲自用备膳室的秤称量自己的食物，精确到克，看着手表，计算煮溏心蛋的火候"。

格拉塞的判断没有错。《大卫·格德尔》和《舞会》的确只是一个开始，在命运留给她的十几年时间里，她完成了一系列的作品，而主题并不局限在犹太世界这个话题里。当然，作为开始，与很多作家一样，内米洛夫斯基也选择了自己最为熟悉的生活作为描绘的对象。然而正是这种选择让她以特殊的、轰轰烈烈的方式进入了文学。

反犹小说？

可以肯定的是，格拉塞所预感到的价值不仅仅局限于小说的文学价值。果然，《大卫·格德尔》出版后引起了激烈的争论。争论是因为小说的主题——更确切地说，是因为小说作者的犹太身份与小说主题之间的巨大冲突，是小说史与**历史**之间的巨大冲突。

或许，犹太民族的悲剧就在于他们身上所背负的**已经成为象征的历史**。很难想象，在这样强烈的语义化过程中，身为一个犹太人，除了扮演受害者的角色之外，他们还能站在怎样的立场上言说。

但是初涉文坛的内米洛夫斯基却没有扮演一个受害者的角色，这使得相当一部分人为《大卫·格德尔》的作者安上了"反犹主义者"的骂名。或许，在他们的眼中，身为犹太人的内米洛夫斯基比其他的反犹主义者更为可恶。除去大卫·格德尔这个奸诈的老赌棍不算，作者在塑造一系列男男女女时可谓毫不留情：男人为了挣钱不择手段，女人则大肆挥霍男人挣来的钱穿金戴银、养小白脸。这让我们不禁对作者的身份发生怀疑。在一份突尼斯出版的《犹太觉醒》周刊上，另一位犹太小说家尖锐地指出，这的确是一部杰作，然而是一部"背信弃义"的杰作："的确，无论伊莱娜·内米洛夫斯基女士的文风多么精彩，技巧多么高超，她在《大卫·格德尔》中描绘的所有犹太人却都令人反感。……我们很清楚这些为许多反犹主义者所青睐的'黄金大亨'或'石油大亨'，但是，我们再喜欢吹捧，也还不至于要跟在这么多大人物后面摇旗呐喊，为一位犹太女人（？）如此精彩地描绘了这些可恶的犹太男女而摇旗呐喊！……"①

问号加得颇有深意。事情的一方面在于，我们也许有理由相信，从小跟着法语家庭教师长大的伊莱娜·内米洛夫斯基在内心深处并不完全将自己当成犹太人来看待，法语是她惟一的创作语

---

① 引自《伊莱娜·内米洛夫斯基传》，奥利维尔·菲力伯纳与帕特里克·里埃纳尔著，巴黎：格拉塞出版社、德诺埃尔出版社联合出版，2007年，第187页。

言;但是,事情的另一方面则更具悲剧意义:从一个国家到另一个国家寻找着发财的梦想,没有相对固定的地域,只是靠某种语义化的象征血脉相通的犹太人无疑会对"家园"、"祖国"、"乡愁"这类美好的概念产生质疑和抗拒——甚或,他们的语言也已经散落在长期的流浪征途上。

然而,越是质疑与抗拒,他们就越是无法摆脱自己的犹太血脉,因为这是成为象征的历史为他们量身定制的外衣。伊莱娜·内米洛夫斯基在其后来的作品《狗与狼》里清楚地表达了这一点。从小生长在富人家、长大很自然地娶了法国女人的哈里,却在某一天理解了这种血脉相通的关系,他不无绝望地对妻子定义自己道:"虽然身子洗得干净一点,衣服穿得好一些,却还是个(……)小犹太人。"——这部在一九四〇年完成的作品使得我们有理由相信,伊莱娜·内米洛夫斯基应该已经对自己即将面临的命运有所了解。

只是尽管能够对此有所感受,从《大卫·格德尔》开始,伊莱娜·内米洛夫斯基就没有进入过大写的**历史**里,她知道她的位置不在那里。从这个意义上来说,紧接在《大卫·格德尔》之后出版《舞会》恰恰非常到位地证明了这一点。虽然故事依然是在犹太的家庭背景下展开,相较于《大卫·格德尔》的人物描写,在《舞会》中,作者却笔锋一转,在短短的篇幅中完美地勾画了残酷青春中母女冲突的戏剧性,犹太人的世界悄然退至背景的层面。

我们的确可以看到,直至《法兰西组曲》,内米洛夫斯基从未选择过受害者的立场(我们能够回忆起《组曲》中露西尔与布鲁诺所度过的那个下午,叙述者分明是在说,他们都是受害者)。

或许正是在《大卫·格德尔》所面对的一片"反犹主义"的骂声中，伊莱娜·内米洛夫斯基更加坚定了自己在文学上的选择。她没有解释，在她相信文学可以跳出作为象征的历史，甚至对大写的历史冷眼旁观的态度里，有一种不由分说的骄傲。她否认《大卫·格德尔》是关于犹太民族的小说，是对于犹太人所谓"民族性"的剖析。在她看来，小说与其说是关于民族的，毋宁说是关于某个社会阶层的："如果朗德地区的资产阶级都跳出来声讨他，指责他用如此色彩鲜明的笔触勾勒了他们，莫里亚克会怎么说？"她问，并且相信自己在做同样的事情。

无论如何，文学价值是她选择记忆、并且建构记忆的惟一标准。在纳粹登台之后，她的态度不仅没有丝毫转圜，态度反而更加明了："可以肯定的是，如果那会儿希特勒已经上台，我或许会在写《大卫·格德尔》时留点情面，小说情节也不会朝同样的方向发展。然而这样一来，我可能就会犯错，这不是一个真正的作家所应该做的！"①

真正的小说家——用昆德拉的话来说——所遵从的只能是小说的道德，并且是在社会道德之外的小说道德。这才是伊莱娜·内米洛夫斯基想要答复所有视她为反犹主义者的话。小说的道德边界应该不是划在国界或是民族的界限上，也不应该划在身份的界限上。我们也的确看到，在《法兰西组曲》中，伊莱娜·内米洛夫斯基同样"狠狠批判"了她所隶属的"文人"。只是，所有的人都知道，对于小说家而言，这不是一件容易的

---

① 见《伊莱娜·内米洛夫斯基传》，奥利维尔·菲力伯纳与帕特里克·里埃纳尔著，巴黎：格拉塞出版社、德诺埃尔出版社联合出版，2007年，第188页。

事情。

巴尔扎克的小说世界？

大卫·格德尔的形象是文学史上难得一见的老人形象，因此，早在出版之前营造的宣传中，格拉塞就将之与巴尔扎克笔下的高老头相提并论，相信大卫·格德尔也会成为法国文学史上的经典形象。

当然，大卫·格德尔不是高老头。就人物本身而言，他的世界是绝大多数包括法国读者在内不能够感同身受的世界，作为小说的人物，他可能更是以震惊而非同情的方式触动我们。他代表的是所有所谓美好道德的反面：冷酷、无趣、工于算计。他没有朋友，破产之后过着孤苦伶仃的生活，只有对女儿乔伊丝还算保有一丝柔情，而这柔情也只是被一口骄傲之气激发出来的，他不愿意乔伊丝落入对手的魔掌，被他羞辱，于是进入最后一场赌局，送掉了自己的性命。

为什么要选择这样一个人物作为进入文学的开端呢？伊莱娜·内米洛夫斯基在澄清自己所选择的是一个作家的立场前，首先为这个人物进行了辩解，她不认为自己在"揭露"犹太人的弱点，甚至恰恰相反，她最为骄傲的正是借助大卫·格德尔这个人物揭示出了"只有犹太民族才具有的优点：勇气、坚忍和骄傲——是的，最高意义上的骄傲——总之，是所谓的'格调'"。

是优点还是弱点无关紧要。伊莱娜没有否认人物所具有的现实意义，正如所有的评论家所认为的那样。关键在于，这个离我们如此之远，却又与现实没有显示出一点间隙的人物究竟在何等程度上能够成为小说人物？也就是说，既然这是个令我们感到厌恶的人物，为什么我们却不能够一笑了之、弃之不顾？

小说人物的现实性，对小说人物的重视，极尽工笔的描摹——和我们读到的现代小说不同，我们知道格德尔以及伊莱娜·内米洛夫斯基十几部长短篇小说中人物的出身、经历、外貌、年龄、职业、身份——让我们相信伊莱娜·内米洛夫斯基是传统小说道德的承继者。我们倘若对内米洛夫斯基十多年所创造的小说人物做一个回顾，我们也几乎要以为，内米洛夫斯基也有着巴尔扎克的野心，想要为读者构筑一个"人间悲剧"的总谱。伊莱娜·内米洛夫斯基笔下的人物形形色色，虽然几乎都在法国生活，虽然都来自于她对周遭生活的细致观察，但他们的出生身份可谓各自不同，有犹太人、法国人、俄国人，甚至来自东欧其他国家的"流浪者"（《灵魂导师》，遗作，2005）。或许这些人物惟一相同的地方就在于他们身上都具有某种悲剧因素，因而不论是《舞会》中尚未涉世的安托瓦奈特，还是执著地爱了一生的亚达（《狗与狼》)，还是美貌的格拉迪丝（《伊莎贝尔》），甚或是《法兰西组曲》中的所有人物；不论他们贫穷还是富有，不论他们高贵还是卑贱，他们几乎都以悲剧收场。

然而这样理解仍然包含着某种错觉。大卫·格德尔不是高里奥，他们的差异并非是形象上和性格上的差异，同样，伊莱娜·内米洛夫斯基也不是巴尔扎克。对于从王尔德、于斯曼、莫泊桑那里接受文学启蒙的伊莱娜而言，人物的意义远远不同于其对于巴尔扎克的意义。在巴尔扎克为我们构筑的小说世界中，人物只是社会的一个构成因素，叙述者为我们叩开这个世界的大门之后，我们便看到人物登场，他与周遭的环境相得益彰，形成作者所要呈现的那个活生生的世界，并且，这个世界不同于其他世界的诸多标记在人物的活动以及与周遭关系的展开中被层层剥离和勾勒出来。但是在伊莱娜·内米洛夫斯基为我们构筑的小说世界中，人物（尤其是主要人物）却已然是**社会本身**，虽然同样使用的是客观叙事的立场，叙事者始终在尝试走入人物内心深处，用他的目光来看待并讲述这个世界。换句话说，我们阅读巴尔扎克，能够时刻感受到那个无处不在的"上帝之眼"的存在，他在看，在评判，在质问；而阅读伊莱娜·内米洛夫斯基，我们却是几乎要忘记隐身于人物背后的叙事者，因为我们在阅读过程中顺着叙事者的脚步，自以为走入了人物的内心深处。正如某些评论家所说的那样，巴尔扎克在创造人物的时候"主要是进行观察或'移情'的活动"①，而伊莱娜·内米洛夫斯基虽然没有明显的"投射自我"的过程（甚至她那时据说还没来得及阅读福楼拜），却让小说人物的世界在其自身的目光中绽放和推进，因而她的小说人物不是"扁平的"，而是"圆整"的②。一直到《法兰西组曲》，伊莱娜也没有改变过小说的技巧，在写作笔记中，她自己也明确地指出，"最好的历史场景，是通过人物的眼睛所看见的历史场景③"——如果说伊莱娜·内米洛夫斯基的小说在主题上超越社会道德的选择已经显示出了一定的现代性，那么在小说人物的构成上同样如此。

于是，尽管这是离我们很远的世界，我们却仍然会在走出作品之后问自己，不管是大卫·格德尔这个"从来不顾及自己，不

---

①② 见《文学理论》，勒内·韦勒克，奥斯汀·沃伦著，刘象愚等译，江苏教育出版社，2005年，第95页。
③ 《法兰西组曲》，伊莱娜·内米洛夫斯基著，袁筱一译，人民文学出版社，2006年，第418页。

顾及自己的幸福的人"，这个"幸福只在于将女儿和老婆送至上帝所期许的乐土"，并且"为此不惜一切，哪怕在被医生判了死刑之后也要工作到最后一口气"的人，还是让我们为之颤栗，仅仅凭借一个小小的手势就将令人厌恶的母亲送入地狱的那个少女真的和我们距离如此之远吗？大卫·格德尔"对于未来欢娱的永恒欲望"——虽然是由犹太种族所强烈表现出来的——难道不是我们每个人身上暗暗涌动的欲望吗①？而那个不太快乐、恶毒却又对未来的世界充满向往的安托万娜又如何不让我们回忆起自己或多或少有些黑暗的青春呢？

我们能够预感到，即便不落在大卫·格德尔所昭示的悲剧陷阱里，我们或许也迟早有一天要落在以此为开始的其他悲剧陷阱里。而这一点，的确，在半个世纪过去以后的今天，在有着足够篇幅展开并转换人物眼中的历史事件的《法兰西组曲》中得到了完美的印证。小说所虚构的未来得以被人类的记忆证明，这是人类的不幸，却是小说的价值。

---

① 参见《伊莱娜·内米洛夫斯基传》，奥利维尔·菲力伯纳与帕特里克·里埃纳尔著，巴黎：格拉塞出版社、德诺埃尔出版社联合出版，2007年，第187页。

大卫·格德尔

"不。"格德尔说。

他突然拉起灯罩,以至于台灯的光整个儿地倾泻在西蒙·马居斯的脸上,西蒙坐在他对面,桌子的另一侧。有一阵,他望着马居斯那张长脸上的褶子和皱纹,只要他的嘴唇或眼皮一动起来,在晦暗的皮肤上,那些褶子和皱纹便宛如风吹过的水波一般。但是他那沉沉的、迷离的、东方人的双眼,却总是那么平静、厌烦、冷漠。一张如墙一般密不透风的脸。格德尔小心翼翼地将台灯的金属支柱弯下来。

"一百呢,格德尔?你好好算过了吗?这个价格应该不错了。"马居斯说。

格德尔再次嘟哝道:

"不。"

他接着说:

"我不想卖。"

马居斯笑了。他长长的牙齿镶了金,亮闪闪的,在黑暗中发出奇怪的光芒。

"一九二〇年,你买进那些众所周知的油田股的时候,才值多少一点?"马居斯颇具讽刺地问道,他说话鼻音很重,拖腔拖调的。

"我是四百买进的。如果苏维埃的那些猪把国有油田还给石油主,那倒是桩好买卖。朗和朗集团都支持我。一九一三年,泰伊斯科的日产量已经达到一万吨了……还真不是虚张声势。热那亚会议之后，我的股票开始从四百跌到一百零二，我还记得……接着……"他做了个不明其意的手势："可我一直没抛……那会儿我们有钱。"

"是的，现在，你难道不知道吗，你在俄罗斯的那些油田，在一九二六年，无疑是一堆垃圾？唉！我想你没有钱，也没有欲望进行私人开发吧？……我们所能做的，无非是制造些股市的动荡，挣上几个点……一百是个好价钱。"

格德尔揉了揉眼皮，房间里弥漫的烟把他的眼皮都熏肿了。

他又一次说，声音更加低：

"不，我不想卖。除非杜宾根石油公司签了转让泰伊斯科的协议。你朝思暮想的协议，那时我才卖。"

马居斯似乎"啊"了一声，只是声音很压抑，除此之外他什么也没说。格德尔又缓缓地说道：

"自去年以来你在我背后干的那桩交易，马居斯，就是那桩……只要协议签了，他们一定会把我的股票用个好价钱卖给你的，是吧？"

格德尔没再说下去，因为心脏那里很疼，每次取得胜利时都是这样。马居斯慢慢地将雪茄掐灭，烟灰缸已经满了。

"如果他提出平分，"格德尔突然想，"那他真是无可救药了。"

他探过脑袋，想将马居斯的话听得更清楚一些。

先是一阵短暂的沉默，接着马居斯说：

"我们对半来吧，格德尔？"

格德尔的下颚不由发紧：

"什么？不。"

马居斯垂下睫毛,咕哝着:

"啊!格德尔,你又何必再多树一个敌人?你的敌人已经够多了。"

马居斯紧紧抓住桌子的木边,轻轻摇动着,指甲划过,发出微微的吱嘎声,短促而尖锐。在台灯灯光的照耀下,他那细长苍白、戴满了戒指的手指在拿破仑时代风格办公桌的花心桃木的映衬下闪闪发光;他的手指微微颤动着。

格德尔的嘴边浮现出微笑。

"现在你不再那么危险了,我的小东西……"

马居斯沉默了一会儿,然后出神地望着上过油的指甲说:

"大卫……两人平分!……好了!……我们已经合作了二十六年。我们不提往事,重新开始。如果是在十二月,杜宾根和我说……"

格德尔神经质地将电话线绞作一团,缠在手腕上。

"十二月,"他做了一个鬼脸,"是的……你很有道理……只是……"

他没再说下去。马居斯和他都很清楚,十二月的时候他正在美洲筹集资金,为了"格马公司",这桩生意拖了他那么多年,简直就是苦役犯脚镣上的铁球。但是他什么也没说。马居斯接着说道:

"大卫,现在是时候了……最好这样,相信我……我们一起和苏维埃政府的人谈判,你愿意吗?这桩买卖很棘手。佣金和利润,一切都两人平分,行吗?……我想这应该说得过去吧?……大卫?……行了!……否则,我的小东西……"

他等了一会儿格德尔的答复,同意,或是破口大骂,但是格德尔似乎有点呼吸困难，只是沉默着。马居斯低声说：

"再说，世界上又不是只有杜宾根……"

他碰了碰格德尔恹恹垂下的胳膊，仿佛为了弄醒他……"还有更年轻的公司，而且……更具投机性，"他在寻找合适的词，"这些公司都没有签署一九二二年的石油协议，他们才瞧不上那些老的持股者呢，因而也瞧不上你……他们很可能……"

"比如说阿姆拉姆石油公司？"格德尔说。

马居斯尖叫道：

"瞧，你也知道了？好吧，听着，我的老朋友，我很遗憾，但是俄国人会和阿姆拉姆公司签约的。现在，既然你拒绝迈这一步，你就一直攥着你的泰伊斯科不放吧，直到最后的判决下来，你可以和你的泰伊斯科一起躺在坟墓里……"

"俄国人不会和阿姆拉姆签约的。"

"他们已经签了。"马居斯叫道。

格德尔做了个手势。

"是的，我知道。临时协议。但是必须在四十五天的期限内得到莫斯科的许可。昨天。但是，由于这一次又是什么都还没定，你急了，你来找我，想再试着……"

他一边咳嗽一边急促地结束道：

"我来告诉你。杜宾根，不是吗？阿姆拉姆已经夺去了杜宾根在波斯的油田，两年前。因此，这一次，我认为阿姆拉姆更想要拖垮它，而不是对它进行让步。直到目前为止，这一切都不困难；那个和你一起为苏维埃谈判的小犹太人得到的越来越多了。你现在打个电话，你会知道的……"

马居斯突然用一种奇怪而尖厉的声音叫了起来，仿佛一个歇斯底里的老女人：

"你撒谎，你这只猪！"

"打个电话，你就知道了。"

"那……老……杜宾根，他知道吗？"

"当然知道。"

"是你干的，这一切，恶棍！流氓！"

"是的，你还想怎么样呢，想想看……去年，在墨西哥石油交易上，还有三年前的重燃油交易，成千上万的钱从我的口袋就这样进了你的口袋，我又说过什么？我什么也没说。接着……"他似乎还在搜寻证据，全都要集中在脑袋里，可是他又耸了耸肩，将这一切推开了。

"买卖。"他只是简短地低声说道，好像在叫某个可怕的神……

马居斯突然之间住了嘴。他拿起桌上的一包烟，打开，专心致志地擦火柴。"为什么你要抽那么烂的'高卢人'？你那么有钱。"他的手抖得厉害。格德尔看着他，什么也没说，仿佛想从一头受伤的畜牲最后的颤抖中盘算出它还能活多少时间。

"我需要钱，大卫，"马居斯突然用一种完全不同的语调说，他的脸骤然变形，以至于一方嘴角绞在了一块儿，"我……我实在是需要钱，大卫……你就不能……让我挣点儿？……你是不是不信……"

格德尔猛然抬起额头。

"不。"

他看见面前这双苍白的手绞在一起，彼此勾连，蜷作一团的手指缠在一起，指甲深深地嵌入肉中。

"你毁了我。"最后马居斯用一种喑哑而奇怪的声音说。

格德尔顽固地垂下眼睛,默不作声。马居斯犹豫了一会儿,接着站起身,轻轻地推开椅子。

"永别了,大卫。还有什么吗?"他突然以一种非同寻常的力量打破了这沉寂。

"没有。永别了!"格德尔说。

格德尔点了一支烟,但抽了第一口就觉得呛,于是扔掉了。一阵咳嗽让他的双肩抖动不停,那是哮喘病人接近神经质的咳嗽,哑哑的,夹杂着尖利的"咝咝"声,他的口腔里充满了令人窒息的苦水。血涌上来,让他的轮廓有了些许颜色,通常这轮廓是白的,死人的惨白,带一点蜡黄,只是眼皮下有两个蓝色的洞而已。一个六十多岁的老人,胖乎乎、软绵绵的四肢,眼睛是水的颜色,生动却惨淡;浓厚的白发包裹着一张饱经沧桑的、生硬的,仿佛被一只粗暴而笨重的手揉捏过的脸。

房间里弥漫着烟味,还有夏天时,巴黎那种许久没人居住的公寓房特有的冷却下来的烟炭的味道。

格德尔将椅子转了个圈,然后将窗户开了个小缝。有很长时间,他一直凝望着灯火辉煌的埃菲尔铁塔。红色的灵动的灯光,如血液一般在黎明时分清凉的天空上流淌……他在想"格马",Golmar,六个金色的字母,光亮夺目,仿佛太阳一般,今夜,在世界的四大城市上空旋转。"格马",这是两个名字的组合,马居斯和他的名字,融合在一起。他咬紧双唇。"格马……如今只剩下了大卫·格德尔……"

他拿过手边的便条簿,又念了一遍抬头。

格德尔和马居斯
所有石油类产品的采买和销售
航空汽油,轻质、重燃油和普通燃油

石油溶剂油、柴油、润滑油

纽约，伦敦，巴黎，柏林

他缓缓将第一行抹去，写下了"大卫·格德尔"，重重的笔画穿透了纸张。因为最终他肯定会一个人的。他不无宽慰地想："终于结束了，感谢上帝，他现在走了……"过一阵，等杜宾根入主世界最大的石油公司之后，将泰伊斯科股票转让给杜宾根，他就可以轻松地让格马公司摆脱困境。

而这段时间……他迅速列出一串数字。尤其是这两年，这两年间真可怕。朗集团破产，一九二二年的协议……至少他不用再为马居斯的女人付账了，他的戒指，他的债务……可没有他花费也绝不少……这份愚蠢的生活所有的代价……他老婆、他女儿、比亚里茨的房子、巴黎的家……在巴黎就要付六万法郎的租金，还有税。家具那会儿花了他一万多。究竟为了谁呢？根本没有人住。紧闭的百叶窗，到处是灰尘。他带着某种仇恨望着某些东西，他特别讨厌的东西：四尊黑色大理石和青铜的胜利女神像支撑的灯，一个空空的、方方的、巨大无比的，上面有蜜蜂金饰的墨水盒。他必须为这一切付账，那么钱这玩意儿呢？他愤怒地咕哝道："蠢货……你毁了我，往后怎么办？……我已经六十八岁了……重新开始吧……反正这对我来说也不是一次两次了……"

他突然冲壁炉上方的镜子转过头，颇不舒服地打量着镜中那张长长的脸，惨白的脸上分布着一块块的青斑，嘴角两边有一道深深的褶子，嵌在肥嘟嘟的腮帮里，就像一只老狗下垂的脸颊。他充满怨气地嘟哝："老了，真是老了……"这两三年来，他很容易疲倦。他想："无论如何，明天都要离开，到比亚里茨休息一个星期到十天，安静地过些日子，否则我真是要完蛋了。"他拿过日历，放在桌上，靠在一个镶金的相框（里面是个年轻姑娘的照片）上翻着。日历上记了些数字和名字，九月十四日下面画了一道。那天，杜宾根会在伦敦等他。那在比亚里茨最多只能待一个星期……接着便是伦敦、莫斯科，然后再是伦敦、纽约。他怒气冲冲地哼了一声，呆呆地看着女儿的照片，叹了一口气，随后转过目光，揉了揉疲惫得发疼的眼睛。他当天才从柏林回来，而且有很长时间了，他不再能像从前那样，在火车车厢里也能安然入眠。

但他还是下意识地站起身，想和以往一样去俱乐部，只是他看见已经三点多了。"我该去睡了，"他想，"明天又要坐火车……"他瞥见桌子一角放着一叠信件，于是又坐下。每天晚上他都要拆阅秘书给他拿来的信件。秘书真是一群驴。但是他情愿他们这样。他微笑着，想起马居斯，还有布朗，一个身材不高、双眼充满热情的犹太人，就是这个布朗把和阿姆拉姆公司的计划合同卖给了他。他开始读信，将头埋得很低，灯光照着他一头浓密的白发，原先他的头发是棕红色的，现在，这炽热而夺目的颜色在他的鬓角和颈项上还隐约有点残留，仿佛烟灰缸里一抹已被掐灭了大半的火星。

格德尔床头的电话骤然响了起来,长长的一声,非常尖厉,仿佛结束不了似的,但格德尔兀自睡着:早晨,他总是有很浓的睡意,沉得要命。最后,他总算睁开了眼睛,抓过听筒,低声呻吟道:"喂,喂……"

他"喂喂"地叫了一会儿,未曾听出电话里秘书的声音,接着他听清楚了:

"格德尔先生……死了……马居斯先生死了……"

他没出声。听筒里的声音重复道:

"喂,您听见了吗?马居斯先生死了。"

"死了,"格德尔慢慢地重复了一遍,他的肩头不自禁地抖了一下,很奇怪的颤抖,"死了……不可能……"

"就在今天晚上,先生……夏巴奈大街……是的,在一所房子里……他朝自己胸口开了一枪。据说……"格德尔轻轻将听筒放在床单上,然后用被子压住它,仿佛是想将这如同一只走投无路的大苍蝇般咕哝的声音彻底掐灭。

终于,这声音彻底停了下来。

格德尔按响了铃。

"替我准备洗澡水,"他对刚进来的仆人说,仆人为他送来信件和早餐的托盘,"要冷水。"

"要我把您的长礼服放进箱子吗?"

格德尔神经质地皱起眉头。

"什么箱子?啊,对了,比亚里茨……我不知道,我明天走,也许,或者再晚一点,我也不知道……"

他低声自言自语道:"明天得到他家去一趟……星期二就入葬了,也许……上帝啊……"隔壁房间传来仆人往浴缸里放水的声音。他喝了口滚烫的茶,随手打开了几封信,接着,他匆匆把一切扔在地上后起了床。在浴室,他坐下来,一边机械地编织着丝绸束腰带上的流苏一边专心致志地望着水流。

"死了……死了……"

渐渐的,他感觉到了愤怒。他耸耸肩,恨恨地咕哝:"死了……我们是否正在死去?如果我,我……"

"洗澡水放好了,先生。"仆人说。

浴室里剩下格德尔一个人,他走进浴缸,将手放入水中后便停下没动;他所有这些动作都非常慢,非常模糊,似乎都做到一半便停下似的。冷水冻僵了他的手指,手臂和肩,但是他没有动,脑袋垂着,用一副愚蠢的表情望着天花板上的灯的倒影,灯光一闪一闪,摇动着。

"如果我,我……"他重复道。

一些古老的回忆渐渐从他心底涌现出来,奇怪的、阴暗的回忆……艰难的生存,颠簸,困苦的一生……今天还那么富有,明天就一无所有。然后再重新开始……再重新开始……是的,真的,很久以前,如果说他不得不这么做……他重新站起身,机械地甩了甩沾满水的手,走到窗边,靠着,将冰凉的双手轮流置于温暖的阳光下。他摇摇头,高声说道:"是的,真的,比如说在莫斯科,或者在芝加哥……"他那不善梦想的思绪将过去演变成一幅幅干巴巴的、简短的画面。莫斯科……那时他还是一个瘦巴巴的小犹太人,棕红的头发,犀利而惨淡的眼睛,到处是洞的靴子,囊中空空……他睡在广场的长凳上,就在这样的初秋的夜,阴沉而寒冷……五十年过去了,他似乎还能感觉到晨雾里这种深入骨髓的湿气,浓密的白雾,贴在身上,在衣服上留下一层硬邦邦的冰霜……还有三月的暴风雪,寒风……

而芝加哥……小酒吧,齉齉的、吱吱嘎嘎的留声机放着欧洲古老的华尔兹舞曲,还有当厨房里那股热热的气息扑面而来时,永远都填不满似的饥饿感。他闭上眼睛,又真切地看到了那个黑人的脸,黑得发亮的皮肤,也许是醉了,也许是病了,躺在角落的长凳上像猫头鹰一样叫唤着,声音很痛苦。还有……他的手这会儿在太阳下已经晒得发烫了。他小心翼翼地将双手平贴在玻璃窗上,然后又拿下来,动了动手指,轻轻地搓搓手。

"蠢货,"他咕哝着,仿佛死人能听见似的,"蠢货……你为什么要这么做?"

在按响门铃之前,格德尔在马居斯的门前摸索了很久:他那柔软冰凉的手在墙上撞来撞去,却始终没有找到门铃。进门的时候,他心怀恐惧地看着四周,似乎他以为会见到死人,就躺在那里,在等着被抬走的样子。但是地上只有黑色的棉垫,大厅的扶手椅上放置着一束束鲜花,扎着紫色波纹的缎带,那么长,那么宽,统统拖在地上,缎带上金色的悼词于是也拖在地上。

格德尔进门后,又有人按响了门铃,仆人从微开的门缝里接过一个巨大的红色雏菊花圈,密密匝匝的,他把花圈挎在手臂上,就像挎只篮子一般。格德尔心想,也得让人送些花来。

送给马居斯的花……他想起了那张阴沉的脸,想起他嘴角边那些个滑稽的褶子,花,就像祝贺新娘一样的鲜花……仆人咕哝着:

"请先生在客厅里等一会儿,夫人守着……"他做了一个模模糊糊的手势,颇为尴尬……"守着先生,守着遗体……"

他推过一把椅子给格德尔,走出大厅。在隔壁房间,他听见有两个人在说话,开始声音小得听不清,显得很神秘,仿佛那种令人窒息的祈祷声。随后声音渐渐大起来,格德尔听见了:

"带女像柱的柩车,银色皇家风格的装饰,插五根羽毛,乌木带盖板的棺材,八个银色精雕手柄,内有分块缝订的撒旦,这是特等的内容。除此之外,我们还有 A 类一等,桃花心木上漆棺材。"

"多少钱?"一个女人的声音在问。

"用桃花心木的棺材两万两百法郎。特等两万九千三百。"

"不,我希望的花费在五到六千法郎。如果我早知道这样,就找另外一家丧葬公司了。棺材可以用普通的榉木,只要上面覆盖着足够的黑纱……"

格德尔突然站起身;隔壁房间的声音立刻低了下去,又重新变回原来的那种沉沉的、祈祷般的低语。

格德尔也嘟哝着,痉挛性地抓紧手绢,下意识地在手指间绞来绞去:"真够蠢的,这一切……啊,真够蠢的……"

他找不到别的词……也的确没有别的词。真是蠢,蠢啊……昨天马居斯还站在他对面吼叫,活生生的,可现在……提到他时甚至都不叫名字了。遗体……他一边沉思,一边恐惧地嗅着,房间里充斥着一种寡淡而沉重的气味:"这已经是他的气味了吗?还是这些不洁净的花的气味?……他为什么要这么做?自杀,在他这样的年龄,就像一个女工一样,为了那么点钱。"他不无厌烦地想。是啊,多少次他一无所有,但他和别人一样重新来过……他突然抬高了声音,精神上已经站到了马居斯的位置上,他叫道:"这就是生活。而在泰伊斯科这桩交易中,和阿姆拉姆公司合作还有百分之一的机会,他还有机会的,傻瓜!"

他神经质地想象着各种重组的可能性。"生意场上从来没有定局,必须思来想去寻找可能性,直至最后一刻,但是自杀……他是不是想让我等很久?"他愤愤地想。

马居斯夫人走了进来。在她瘦长的脸上,长着一只挺挺的、鸟喙般的大鼻子,此时她脸色暗黄阴沉,使得她的脸看上去仿佛一只牛角;她那淡而稀疏的眉毛长得很奇怪,不太对称,而且很高,眉毛下是一双闪闪发光的、往外凸起的圆眼睛。

她向格德尔走来,悄无声息,脚步细碎急促,接着她握住了格德尔的手,似乎在等他开口。但是格德尔的喉咙一阵发紧,什么也没说。于是她发出一种奇怪的低吟,仿佛因为愤怒而发出的笑声,又像是干嚎:

"是的。您绝对意料不到!……这个疯子真可笑,这个无耻的家伙……我应该感谢上帝没给我们孩子。你知道他怎么死的?在一所其他人都不知道的房子里,和女人在一起。好像我们还没被毁够似的。"说最后一句的时候,她用手绢擦拭着眼睛。

突然的动作使得她锁骨上一串巨大的珠链挪动了位置,珠链在她长长的、满是皱纹的脖子上绕了三圈,她如同一只落入危境的老鸟儿一般抖动着,每抖一下,珠链便跳动个不停。

"她应该很有钱,这只老乌鸦,"格德尔心想,"我们都是这样的,玩命地工作就是为了让'她们'越来越富有!"……他仿佛看见了自己的妻子,每次他进房间的时候,总是匆匆忙忙地把支票簿藏起来,仿佛在藏一叠情书。

"您想见见他吗?"马居斯夫人问。

格德尔不由浑身冰凉;他闭上眼睛,用一种奇怪、颤抖、却不大响的声音回答道:

"当然,如果我……"

马居斯夫人静静地穿过大厅,打开一扇门,门后是另一间房,不大,两个女人正在里面缝制黑纱。然后她低声说:"就在这里。"格德尔看见房间里点着大蜡烛,蜡烛发出幽暗的光芒。他停住了,一动不动,反应不过来似的,然后他费力地问:

"他在哪里?"

她用手指了指半掩在巨大的丝绒天盖里的床。

"就这里。但是我不得不把他的脸遮起来,否则有苍蝇……葬礼安排在明天。"

只是格德尔觉得即便是在被单之下,他也能辨认出死者的轮廓。他怀着一种奇怪的感情注视着床上的人。

"他们多么匆忙啊,我的上帝……可怜的老马居斯……人一旦沦落到这个地步是多么脆弱啊,真是够肮脏的。"他混乱地想着,带着愤怒和痛苦。

房间一角有一张很大的美式办公桌,盖板开着;纸张和拆开的信件散落了一地。格德尔在想:"这里面应该有我的信吧……"他看见地毯上有一把刀,银色的刀锋卷了起来;估计抽屉是被撬开的;钥匙不在上面。

"也许她冲进来看还留下点什么的时候,他还没死;她没有耐心等了,没有耐心去找钥匙……"

马居斯夫人无意中触到了他的目光,但是她甚至没有回避,只是干巴巴地咕哝道:

"他什么也没留下。就剩下我一个人,"她的声音更低了,语调和前面不太一样。

"我能帮您什么忙呢?"格德尔机械地说。

她犹豫了一下,接着说:

"比如说,乌叶尔公司的股份,您建议我如何处理呢?"

"我买下吧,我会给您一个好价钱,"格德尔说,"您应该知道吧,这些股份以后肯定一文不值。公司已经解体。但是我要把这里的信件拿走。您可能也想到了,我想。"他补充说,语调里充满敌意和讽刺,马居斯夫人似乎没有感觉到。她只是歪着脑袋,后退几步。格德尔开始翻动空了一半的抽屉内的纸张。然而他突然间觉得这一切和他没什么关系，这突如其来的想法令他感到苦涩和悲伤。

"事实上，这样做又有什么意义呢，这一切，我的上帝啊。"
他骤然问道：
"他为什么这样做？"
"我不知道。"马居斯夫人说。
他大声说，其实是说给自己听的：
"钱？只是为了钱吗？只是这个原因？这不可能。他死之前什么都没说吗？"
"没有。他被抬到这里的时候已经失去知觉了。子弹在他的肺里，没有取出来。"
"我知道，我知道。"格德尔打断她，不禁一阵颤栗。
"后来他想说点什么，但是嘴里全是白沫和鲜血，翻腾着。只是临死前一小会儿，他基本上安静下来，我对他说：'为什么，你怎么能这样做？'他说了几句话。我没听清……除了一个他一直在重复的词，他说：'累了……我……累了……'接着他就死了。"

累了，格德尔想，一瞬之间他也觉出自己是那么疲倦，他老了，是的。

马居斯下葬的那天，巴黎城里暴雨倾盆，于是大家只是匆匆忙忙地将遗体埋入泥泞的大地内，也没顾得上别的。

格德尔一直用雨伞遮住脸，然而，棺材从挑夫的肩头缓缓落下时，他还是定定地看了一会儿。镶着银色泪珠的黑纱滚落在一边，露出了做工粗糙的棺木，还有暗淡的金属手柄。格德尔赶紧转过头。

他身边的两个男人说话声音很大。其中一个指着才填好土的坟墓。

格德尔听见他在说：

"他来找我，说用一张由纽约法美银行兑现的支票付款，我真蠢，竟然就接受了。这件事就发生在他死前的那一天，星期六。听说他死了，我立即打电报过去，今天早上才得到答复。自然，他骗了我。一张空头支票。但是事情可不能这样算了，我会找寡妇算账的……"

"数额很大吗？"另一个声音问道。

"对您来说不大，维耶先生，也许对您来说不算很大，"之前那个人不无尖酸地回答说，"但是对于我们这样的穷人来说，的确是笔大数目。"

格德尔看着他。一个上了年纪的小个子男人，穿得很寒酸，正瑟瑟发抖，他佝偻着腰，在狂风中颤栗着，咳个不停。因为没人接他的话茬，他便开始低声哀叹。另一个人却笑了。

"你还是找夏巴奈大街的那个女人算账吧。你的银子都到那里去了。"

格德尔身后还有两个人躲在雨伞下窃窃私语:

"但真是好笑……您知道吗,据说找到他的时候,他身边都是些小姑娘?……十三四岁的模样?……"

"当然知道,甚至有人说……"

那个人降低了声音。

"别人还真不知道他有这样的癖好……"

"临死之前满足一下自己不为人所知的欲望,是吗?"

"不过他倒是藏得挺好……"

"您知道他为什么要自杀吗?"

格德尔机械地朝前走了几步,然后停下来。他看着一个个闪闪发光的坟墓,墓上的圆顶被暴风雨抽打得摇摇晃晃。他含糊不清地咕哝了几句。于是他旁边的人转过身问:

"您说什么?格德尔?"

"真是糟糕,不是吗?"突然,格德尔突然呈现出一种奇怪的痛苦,还有愤怒。

"是的,在巴黎举行葬礼,逢到下雨可真不是那么好玩。但是我们所有人都有这一天。这个马居斯还真是好人呢,您瞧,他最后一次与我们打交道,还想让我们所有人都染上肺炎。看到我们在泥浆中行走,他应该会很高兴……他从来就不是一个温和的人,是吧?啊,您知不知道人们昨天都在说什么?"

"不知道。"

"嗯,据说阿勒曼公司想要帮美索不达米亚石油公司摆脱困境。您有没有听说这件事情?……您应该对这个比较感兴趣的吧……?"

他没再说下去，似乎相当满意地指了指前面开始晃动的雨伞。"啊，终于结束了，不算太早，不过可以走了……"大家都把领子竖起来，暴风雨中，人们撞来撞去的，都想尽快离开。有些人甚至跨过一座座坟墓奔跑起来。格德尔和别人一样，两只手抓着雨伞，匆匆离开。巨大的雨点打落在树上和坟墓上，带着某种绝望而盲目的狂暴抽打着它们。

"这些人是多么高兴啊，所有这些人，"格德尔突然想道，"又少了一个，少了一个敌人……等轮到我的时候他们一定也会这样高兴。"

人群在墓间的通道上不得不停了一会儿，因为正好一支送殡的队伍朝着相反的方向走过来。马居斯的秘书布朗趁这个机会走到格德尔身边。

"我手上还有些关于俄国人和阿姆拉姆的资料，您会感兴趣的，"他在格德尔耳边小声说道，"在这桩生意里，所有人似乎都被别人挖了墙角……这可不太好，是吧，格德尔先生。"

"不好，"格德尔做了个讽刺的鬼脸说，"您也这么觉得吗？年轻人？好吧，把所有这些带上，六点钟到火车站来找我，我在去比亚里茨的车上。"

"您要走吗？格德尔先生？"

格德尔抽出一支烟，只是拿在手中把玩，烟被他揉捏得不成形了。

"难道我们整晚都得待在这里了吗？上帝啊！"

黑色轿车一辆接着一辆缓缓开过，川流不息，堵住了道路。

"是的，我要走。"

"那里的天气无与伦比。乔伊丝小姐好吗？她更漂亮了吧？……您可以去那里休息一下了。您看上去很疲倦，很紧张。"

"紧张，"格德尔突然非常生气地咕哝道，"感谢上帝，不！您从哪里听来的这些蠢话？好吧，对于马居斯来说，这……他和女人一样容易紧张……您瞧，他都走到哪一步了？……"

突然，他的肩被挤了一下，两个专事入葬的人将他撞开，他们戴着闪闪发光的、往下滴雨的帽子，在人行道的中央奔跑，将那支排到公墓门口的送葬队伍一截两半。

直到上了车，格德尔才想起来他还没和寡妇打招呼呢。"哦，让她见鬼去吧！"香烟被雨水淋湿了，他怎么也点不着，烟被他的牙齿弄碎了，他摇下车窗，将烟末吐掉。接着，车子离开了公墓，他蜷缩在车子一角，闭上眼睛。

格德尔匆匆结束晚饭,在走廊里抽了会儿烟。他在等自己喜欢的浓香勃艮第葡萄酒。一个女人走过时撞了他一下,冲他微笑,但是他漠然地转过身。那是比亚里茨的一个娼妇……她转眼间便不见了。格德尔回到自己的车厢。

"今晚我要好好睡一觉。"他想。他突然间觉得自己精疲力竭,双腿沉沉的,而且很疼。他拨开帘子,机械地望着在黑色玻璃窗上蜿蜒而下的雨水。急促的雨点流淌着,彼此汇合在一起,在风中飘摇,如泪水一般……他脱去衣服躺下,将脸深深地埋入枕头。他从来没有感觉到自己如此疲倦。他用力伸了伸胳膊;胳膊也是那么僵硬、沉重……铺位很窄……似乎比往常要窄。他模模糊糊地想:"一定是没放好,这些蠢货。"他感觉到身子底下,火车的车轮"哏噔哏噔"地跳动着,发出揪心裂肺的响声。空气热乎乎的,很闷。他将坐垫翻过来,再翻过去;觉得垫子热得烫人。他一把把垫子掀起来,愤怒地压在头上。怎么这么热啊……最好是把窗子摇下来。但是风呼啸着,夹杂着雨点。只消一秒钟,桌上的纸张和报纸就飞了起来。他咒骂着将窗子重新关上,放下窗帘,关上灯。

滞重的空气里夹杂着煤炭的味道,寡淡而揪心,隐隐约约还有股厕所的臭味。出于本能他努力地深呼吸,似乎为了让这沉沉的、肺拒绝吸收、拼命排斥的空气通过,然而这空气就停在喉咙口,堵塞在那里,仿佛要用力咽下生病的胃拒绝接受的某样东西……他一阵轻咳……这真让人发疯……尤其是睡不着觉……

"而我那么累。"他咕哝着,仿佛在对某个看不见的人说。

他慢慢翻了个身,仰面朝天,接着再一次侧过身,臂肘撑在铺上。他又一次咳起来,是故意的,咳得比前一次要响,只是为了摆脱前胸和喉咙口这种难以忍受的堵塞的感觉。可是不,这样也无济于事。他沉沉地打了个哈欠,但是一阵痉挛让他的这个哈欠打到一半就停了下来,反而令他窒息,短促而痛苦的窒息感。他伸长脖子,双唇在抖动。也许他睡得太下了?他往上睡了睡,将上半部的褥子卷起来,塞在垫子下,然后起身坐了起来。更糟糕。肺里好像全是东西。唉,这真奇怪……他觉得疼,是的……胸口疼……肩也疼……就在心脏附近的区域……他不由从背上凉起。"怎么回事?"他突然自言自语道。然后他又鼓足勇气对自己朗声说道:"不,不会有事的,会好的……不会有事的……"他发现自己说话的声音很大,声音显得孤零零的。他用力将身体靠在铺位上,愤怒而绝望地呼吸。不,空气还是通不过。似乎某个无形的重物压在他的胸口。他扔掉被子、床单,解开衬衫,气喘吁吁。"究竟是怎么回事?我到底怎么了?"夜色沉沉,厚重的穿不透的夜色笼罩着他,包裹着他。是的,是这夜色令他窒息……他想打开灯,但是他的双手颤抖着,沿着墙摸索了很长时间也没有能够摸到嵌在床头柜隔板里的小灯开关。他恼火地叹了口气,呻吟着。肩越来越痛了,针刺一般,不是那种锐疼,却是从骨子里疼出来的……而且这痛似乎不太明了,还未曾醒来,只是在身体的某个部分徘徊着,在身体最深处,甚至是存在于最根本的地方——心脏……它在等待,只消一点点努力、一个动作就足以使之爆发。仿佛不由自主一般,格德尔慢慢地垂下胳膊。等待……不要动,尤其是不要去想……他的呼吸越来越用力,越来越快。

空气进入他的肺里，夹杂着一种奇怪、滑稽的声音，就像是水沸腾了，蔓延出锅盖，一旦停下来，整个胸部便在呻吟，充斥着一种粗暴、含糊的声响，像是嘶哑的喘息，又像是低声的抱怨。

一种软绵绵却无处无时不在的压力将沉沉的黑暗送入格德尔的喉咙里，就好像将泥土送入口舌深处，就像对待另一个人那样，死人……马居斯，格德尔的脑子里全是那天的场景，关于死亡、墓地的记忆，浸满了雨水的黄土，长长的树根，仿佛洞穴深处爬出来的蛇，他突然产生一种需求，前所未有的需求，对光明的炽热的欲望，他突然想要看到一点日常生活中的东西，熟悉的、天天包围着他的东西，那么想……挂在车门上方的衣服在摇晃……小桌上的报纸……矿泉水……他似乎忘记了自己所面临的一切。他猛然伸直了胳膊，然而此时胸口一阵剧痛，仿佛匕首刺入，又像是子弹射入，反正是那样一种闪电般的尖锐而深沉的剧痛，穿越他的身体，直至心脏。

他还有时间想"我要死了"，还有时间感觉到有人在推他，匆匆忙忙把他推进一个洞里，一个漏斗里，一个像坟墓一般令人窒息的、狭窄的地方。他听见自己的叫声，是他自己的声音，仿佛被别的什么人推开了一般，推得很远，与他自身之间隔着很深的水层，泥泞的黑水从他的头上流过，引着他不断向前，他在这张开大口的洞里越沉越深。先是非常可怕的疼痛。接着似乎失去了部分知觉，疼痛变成一种沉重、窒息的感觉，仿佛是挣扎了很久，精疲力竭却无济于事。又一次，他听见有人在很远的地方叫着，喘着，挣扎着。就好像有人把他的头按在水里，好像这一切持续了数个世纪之久。

终于，他恢复了神智。

那种锐痛感没有了。但是他觉得周身极度疲劳,仿佛骨头都散了架,被汽车轮胎碾碎了一般。他不敢动不敢叫,哪怕是动一动手指也不敢。最轻微的叫声,幅度最小的动作,也许这一切就又都要重新开始,他已经感觉到了……这一次可能真的会送命。送命。

在沉寂中,他听见自己心脏的跳动,滞重、艰难,仿佛想要挣破胸腔的壁垒。

"我害怕极了,"他绝望地想,"我害怕呀……"

死亡。不,不,这不可能!……会不会到头来谁也不知道,谁也没想到他在这里,孤零零的一个人,被遗弃在这里,垂死挣扎,就像一条狗?……"我至少也许可以打铃,可以叫人来?不,等等,再等等……夜晚会过去的。"现在应该是很晚,很晚了……他贪婪地望着包围着他的、深沉厚重的黑夜,一丝微光也没有,没有那种不确定的、笼罩在物品上、昭示着黎明来临的光晕。什么也没有。应该有十点了吧?十一点?手表就在那里,灯在那里,只需要动一小下,抬一下胳膊,就像这样……呼唤铃,终于!他会付出必要的代价!不,不……他害怕喘气,害怕呼吸。如果再一次经历刚才的一切,他觉得自己的心脏会就此崩溃……还有这可怕的撞击感……啊!不,这一次一定会死的。"但这究竟怎么了,我的上帝啊?究竟怎么了?心脏,是的。"可他的心脏从来没有过毛病啊?从来没有过,再说,他几乎从未生过病……哮喘,是的,他有一点儿……尤其是最近这段时间。但是像他这样的年纪,所有人都会有点毛病的。有点毛病根本不足挂齿。调整一下状态,休息。但刚才那样的情况!……啊!是心脏或者别的什么地方根本无所谓,不过是名称的问题,而刚才这样的情况就意味着死亡，只能是死亡，死亡。不知道谁说过："我们所有人都有这一天……"啊！是的，今天……葬礼上……所有人。也包括他。这些残忍的东西，这些搓着手心、暗自发笑的老犹太人……如果是他的葬礼，也可能更糟糕！一群狗，狗……一群混蛋！——而别人……他的妻子，女儿……是的，他妻子也会一样，他很清楚。对她来说他不过是台印钞机……他只在这个意义上有用……付钱，付钱，然后就滚吧，精疲力竭……

主啊，难道这该死的火车再也停不下来了吗？已经行驶了那么长时间，就这样往前，根本没有停过！……"在火车站，有时人们会搞错，打开已经住进乘客的车厢门。……上帝啊，怎么这回偏偏没有这样的事情！"他此时那么渴望走廊里能传来声响，撞来撞去、微微打开的车厢门，其他人的面孔……也许他可以被送走……随便送到什么地方……不管什么地方都行……医院，饭店……只要有张不会动的床就行……是的，此时他多么渴望脚步声、人的声音、一点光亮，开会儿窗子也好啊……

可是不，什么也没有。火车在奔驰，速度很快。只有短促的揪人心肺的汽笛声撕裂了空气，消失在远方……还有碾过钢铁的声音，在黑暗里……应该是驶过一座桥……有一瞬，他以为火车已经慢了下来……他一边喘息一边侧耳细听……一声短促的汽笛，而火车似乎在荒郊野外停了一秒钟便又重新出发了。

他呻吟着，不再有任何希望。也不再想任何问题。他甚至不再觉得痛苦。他只是自言自语："我怕，我怕，我怕，"还有就是怦怦地跳个不停的心脏。

突然，他觉得在这厚重的黑暗中有一点什么在闪耀。就在他对面。他看着这一丝微光。带一点灰色，非常暗淡……但能够看见了，在这黑色之中隐约可以分辨……他在等待。微光慢慢在扩大，变得更白，区域也更大，仿佛一片水注。车窗玻璃，是玻璃。白天已经来临。黑暗渐渐褪去。不再那么厚重，不再那么浓稠，仿佛可以流动似的。他觉得压在心头那巨大的重量也仿佛被挪开了。他呼吸着。轻盈起来的空气在他的肺部流动。一种更加清新的气息拂过他满是汗水的额头。他小心翼翼地晃动着脑袋。现在他可以分辨出身边这些物体的形状和轮廓了。帽子，比如说，滚落在地的帽子……瓶子……也许他可以够到那只玻璃瓶，喝点水……？他的手向前摸索着。不，什么也没有，他没有触到任何东西。心怦怦跳动，他抬起手腕。什么也没有。接着手摸上了桌子，触到玻璃瓶。感谢上帝，瓶子里的水很满，再早一点他或许根本举不起这只瓶子。他轻轻挺直脊背，将嘴唇凑上去喝。多么甜美啊……清凉的水在流淌，浸湿了双唇的内侧，干燥而肿胀的舌头，还有喉咙。他带着一种特别的小心重新放好瓶子，身体微微向后仰去，等待着。胸口还是疼。但是已经不那么疼了，不再那么疼。每一秒钟似乎都在好转。现在更像是浑身上下骨头里的一种神经痛。无论如何，也许并不那么严重，也许？……

也许这会儿他完全可以掀起窗帘了？……只需要按一个钮……又一次，他颤抖着伸出胳膊。窗帘一下子就升起来了。天已经亮了。空气是白的，有些浑浊和厚重，像牛奶。他拿起手绢，动作很慢，经过准确的计算，也很讲究方法。接着他把脸靠在车窗上。玻璃窗的清凉进入了他的身体，非常美妙的感觉。他望着车窗外的草坡，似乎慢慢地恢复了原来的颜色……树……他看见在很远的地方，晨曦中有灯光在闪烁。火车站。不过他需要叫人来吗？……应该很容易叫到人。但是，一切就这样过去了，真是让人匪夷所思……再说，这也许证明了这事并没有那么严重，至少没有他所担心的那么严重。也许只是神经性的阵痛？……然而也不能掉以轻心，必须和医生谈谈。但不应该是心脏的问题。也许是哮喘？……不，他不应该叫人来。他看了看表。五点钟。好吧，再耐心等一等。也不能就这么算了。应该是神经。那个小布朗或许是对的，那个小恶棍……他按了按胸部下方的位置，轻轻地，带着无尽的小心，仿佛是在碰触一道活生生的伤口。没什么。然而心跳还是有些奇怪，不太规律。好吧，这一切都会过去的。他困了。如果他能睡上一会儿，一定会好些的。失去意识。不再思想。不再回忆。他只是被疲倦压垮了。他闭上眼睛。

就在进入迷离状态的时候，他却突然起身，高声叫道："是的。我现在明白了……一定是马居斯。为什么？"他重复了一遍"为什么"，他似乎在这一瞬间看见了他，看得尤其清楚。这是否是……一种诅咒？"不，这不是我的错。"他的声音低了下去，却带着愤怒，"我一点也不后悔。"

他睡着了。

格德尔发现司机站在一辆崭新的车子前等他，他突然想起妻子已经把原来那辆伊斯帕诺卖了。

"对了，现在自然应该是这辆劳斯莱斯，"他几乎带着一种敌意望着闪闪发光的白色车身，咕哝道，"真不知道她下一步还要买什么……"

司机上前一步接过他的手提行李，但是格德尔没有动，目光越过摇下的车窗在找寻什么。乔伊丝不在吗？他不无遗憾地往前走了两步，又最后看了一眼那个幽暗的角落，他原以为女儿会坐在那里呢，穿着色彩明亮的裙子，一头金发，他的目光中充满热切的希望，真是可怜得很。然而没有，车里没有女儿。他慢慢上了车，叫道："快开啊，老天，您究竟还在等什么？"车子开动，老格德尔叹了口气。

这个小家伙……每次他旅行回来都会不由自主地在人群中找寻她。但是她从来没有来过……然而他从来没有停止过等待，一如既往地，带着一种屡屡受挫、徒劳无益却顽固坚忍的希望。

"她已经四个月没有见到我了。"他想。女儿经常让他产生这种被深深伤害的感觉，突如其来的、揪心的感觉，切肤的、活生生的痛苦，她真不应该这样。"孩子……都一样……可这就是我们活下去，劳碌一生的理由。而我父亲，是的……十三岁，走开吧，自己应付生活，这就是我得到的……"

他拿掉帽子，手一直放在额头上，擦拭着尘土和汗水，然后，他木然地望着窗外。外面人太多了，到处都是叫声，阳光也很烈，还有风；不长的马萨格朗街上全是人，汽车简直动不了；一个小淘气鬼走过的时候还把脸贴在车窗玻璃上。格德尔缩在汽车一角，翻下外衣的领子。乔伊丝……她在哪里呢，和谁在一起？

"我得和她说说，"他不无苦涩地想，"这一次一定要和她说说……总是在需要钱的时候才爹地爹地的，亲爱的爹地，我的爹地，亲爱的，然而没有一丝感情……"然而他没再想下去，自己摆了摆手。他什么也不会说的，他很清楚……有什么用呢？再说，她还是那种晕头晕脑的愚蠢年龄。他的嘴角浮现出一抹不易察觉的微笑，很快便消失了。她毕竟只有十八岁。

车子穿越整个比亚里茨，从巴黎饭店门前经过。他漠然地欣赏着大海，尽管天气很好，海水仍然波涛汹涌，海面上翻滚着巨大的、绿色和白色的海浪。刺目的颜色让他的眼睛颇为疲惫，他用手遮住眼帘，转过头。直到又过了一刻钟左右，他们转入去高尔夫球场的路，他才往前探去，看着渐渐能够进入视线的自己家的房子。他通常是在两次旅行之间到这里来小住，像个陌生人一样，过上一个星期，但是年复一年，他似乎越来越惦记这里了。"我真是老了……以前……啊！以前我根本无所谓……饭店，火车……但是现在这一切令我疲惫……这会儿季节不错……"

一九一六年他在这里花一百五十万买了块地，现在能值一千五百万。房子用那种大块的石头建成，沉沉的，白白的，像大理石。一座美丽而宏伟的房子。房子、房子的露台、花园——在天际显现的时候，格德尔的脸上掠过一种温柔而骄傲的表情，尽管花园里几乎没什么东西，因为海风太大，树长得不快。格德尔在内心深处嘟哝着："这笔钱算是放对了地方。"

他不耐烦地叫道：

"快点，快点，阿尔弗雷德……"

坡下，车子渐渐掠过玫瑰拱廊、柽柳，最后是直通大海的雪松大道。

"棕榈长高了……"

车子在台阶前停下，但是只有仆人出来迎接格德尔。他认出了乔伊丝房里的贴身女仆，一个小个子的女人，她正冲他微笑。

"他们都不在家吗？"格德尔说。

"不在，先生，小姐吃午饭的时候回来。"

他没有问女儿去了哪里。有什么用呢？他只是很简洁地命令道：

"我的信件。"

他拿过信件和电报，一边上楼梯一边开始拆阅。在走廊里，他犹豫了一会儿，看着两扇一模一样的门不知该进哪扇。仆人拿着箱子上来，指着一间卧室说：

"夫人说让先生住这里。她的房间堆满了。"

"好吧。"他咕哝了一声，根本无所谓。

他走进自己的房间，坐在椅子上，神态疲倦，心不在焉，仿佛是进了旅馆，在一座陌生的城市里。

"先生要休息吗？"

格德尔打了个哆嗦，沉重地站起身。

"不，不用了。"

他在想：

"如果我现在睡下，也许就再也起不来了……"

然而洗完澡刮了胡子，他觉得自己好多了。只是指尖一直在微微颤抖。他看着手指：白白的，有些肿，好像已经完全丧失了生命。

他费了点气力，问道：

"家里有很多客人吗？"

"费希尔先生和他的亲王夫人，霍约斯伯爵……"

格德尔静静地咬住嘴唇。

"她们又编造了什么亲王夫人？这些女人简直鬼迷心窍……费希尔，"他愤愤地想，"费希尔，看在……霍约斯……"

然而霍约斯是避不开的。

他缓缓走下楼梯，向露台走去。白天最热的时候，露台上会支起绛红色的顶篷。格德尔躺在一张长椅上，闭起眼睛。但是阳光透过顶篷照下来，为整个露台染上一层奇怪的光，红色的，颤巍巍的。格德尔神经质地躁动起来。

"这种红色……都是格劳丽亚的蠢主意……这都让我想起了什么呀？"他嘟哝着，"某种可怕的东西……啊！是的……那个老巫婆怎么说来着？嘴里全是白沫和鲜血。"他不禁颤抖起来，叹了口气，艰难地将头转过来转过去，不经折腾的、镶花边的家纺布垫子浸透了他的汗水，湿答答的皱成一团。接着，他突然就睡着了。

大卫·格德尔醒来时已经是两个小时以后了。但是房子依旧空空如也。

"还是老样子。"他想。

他带着一丝不快想像着格劳丽亚向他走来的样子，多少次几乎都是如此，她急匆匆地从道路的那一头走过来，鞋跟太高，她的身体努力维持着平衡，手高高地抬起抵挡阳光，遮住她那张涂着厚厚脂粉的老脸，在过于刺目的阳光下，脂粉正在融化……她也许会说："你好啊！大卫，生意怎么样？"还有"你怎么样？"但是她应该只对第一个问题的答案感兴趣……再过一会儿这房子里就全是人了，比亚里茨的嘈杂。那些脑袋……一想到那些脑袋，他的心都揪起来了……所有的骗子、小白脸、老娼妇……每天夜晚，这些人都在吃喝吮吸着他的血汗……一群贪婪的狗围聚的院子……他耸了耸肩。他能做什么呢？以前，他还觉得这些挺有意思的，甚至为之飘飘然……"某某公爵……某某伯爵……昨天，某印度王公在我家……"一群渣滓。自从老了病了之后，他越来越烦和别人在一起，听他们吵吵闹闹，他厌倦了自己的家庭，厌倦了生活。

他叹了口气，敲了敲身后的玻璃，喊正在摆餐具的膳食总管来把窗帘拉起来。太阳很烈，照在花园和大海上。有人在喊："你好，格德尔！"

他听出费希尔的声音，慢慢地转过身，没有答话。格劳丽亚究竟有什么必要邀请他呢？就这个家伙？他望着他，目光中有一种仇恨，仿佛看着一个残忍的怪物。费希尔站在门口，这是一个矮胖的犹太人，长着一头棕红色的头发，一副花季的样子，很丑，有些阴险，在细细的金边眼镜后，是一双狡黠的、闪闪发光的眼睛，肚子挺着，小短腿有点罗圈的味道，两只残忍的手静静地捧着盛满新鲜姆鱼子酱的陶瓷盒，紧紧地贴在胸口。

"格德尔，你到了很长时间吗？我的老朋友？"

他上前一步，拿过一张椅子，将已经空了一半的盒子放在地上。

"格德尔，你睡着了吗？"

"没有。"格德尔咕哝道。

"生意怎么样？"

"不好。"

"我倒是很好，"费希尔双臂交抱，因为肚子太大，这样做还真有点费力，"我挺满意。"

"啊，是的，你在摩纳哥的锚地钓珍珠，"格德尔冷笑道，"我还以为你被抓起来了呢……"

费希尔心情很好，他笑了很长时间。

"的确如此，我上了重罪法庭……但是，你瞧，结局也没比往常糟糕到哪里去……"他扳着手指头数道：

"奥地利，俄罗斯，法国。这三个国家的监狱我都进过，我希望就到此为止了，希望他们能让我安静一些……让他们见鬼去吧……我也不想再挣什么钱了，我老了……"

他点了一支烟，问道：

"昨天的股票怎么样？"

"不好。"

"你知不知道旺沙卡的价格?"

"一千三百六十五,"格德尔搓搓手,"你是不是被套进了?"

格德尔突然自忖着,看到费希尔损失,他为什么那么高兴呢。他又从来没对他做过什么。"我就是不想见到他,真奇怪。"他想。

但是费希尔耸了耸肩膀。

"无所谓。"他用意地绪语说。

"他至少又赚进几百万了,这只猪。"格德尔想,他觉得自己很熟悉这样一种轻颤,那是一种发自内心的、无法效仿的颤抖、暗哑、短促的声音,表明这个人尽管表面说无所谓,可实际上是在意的,几乎和叹息或是叫声一样肯定:"他无所谓……"

他咕哝道:

"你在这里干什么?"

"你老婆请我来的……据说……"

他靠近格德尔,机械地压低声音说:

"老朋友,我有桩生意你一定感兴趣……你有没有听说过埃尔帕索的银矿。"

"感谢上帝,没有。"格德尔打断他。

"这个银矿里可有很多亿万富翁。"

"到处都是亿万富翁,关键是你抓不住他们。"

"你拒绝和我做生意是错的。我们应该能彼此领会的。你很聪明,但是你缺乏勇气,缺乏冒险精神。你害怕宪兵,是不是?"

他笑得一副兴高采烈的样子。

"我不喜欢平庸的交易，买进，卖出……我喜欢的是从头开始做一件事情，建立。比如说在秘鲁买矿，我们甚至不知道矿在哪里……瞧，两年前我就投入做了这么件事情……股票认购之前，我甚至连一把土都没有翻过……这就是那种美国式的投机……老朋友，如果愿意，你应该相信我，十五天之内地价就可以翻上十倍……我卖出后得到了巨大的利润……生意就是这样的，是诗……"

格德尔耸了耸肩膀。

"不。"

"你到底想怎么样……你会为此遗憾的……这桩生意很规矩……"

他静静地抽了会儿烟，说：

"对了……"

"怎么？"

费希尔眯缝着眼睛，看着格德尔：

"马居斯……"

而格德尔那张苍老的脸依然纹丝不动，只是嘴角突然间抽动了一下。

"马居斯？他死了。"

"我知道，"费希尔温和地说，"可为什么会死的？"

他的声音更低了，继续说：

"你对他做了些什么，亲爱的老该隐？"

"我对他做了些什么？"格德尔重复道。

他轻轻转过头。

"他想要欺骗老格德尔。"费希尔突然尖锐地说，胖胖的脸颊失去了原来的死灰色,染上了些许血色。"这可是很危险的事……"费希尔笑道。

"老该隐,"他不无阴险地重复道,"但你做得对。我就是太善良了。"

他突然停下来,竖起耳朵说:

"你女儿来了,格德尔。"

"爹地回来了?"乔伊丝叫道。格德尔听见了她的叫声。他情不自禁地闭上眼睛,仿佛是为了能够长时间地倾听这声音。这个小……她有着怎样的声音,怎样的笑啊……他带着一种无尽的享受想道:"仿佛是金质的……"

但是他没有动,也没有表示出一点要上前迎她的意思。她跳上平台,脚步轻盈活泼,短裙随着她的脚步掀起来,露出了膝盖。看到她,格德尔只是不乏讽刺地小声说道:"终于来了?我可没料到能这么早见到你,我的女儿……"

她扑向他,拥抱了他,接着朝后一屁股坐上长椅,躺着,手交叉抱在身后,一边笑,一边隔着长长的睫毛看他。

然而格德尔还是有些情不自禁,他温柔地伸出手,停留在女儿的金发之间,女儿的金发还沾着海水,湿湿的。他似乎没有看她,但是他那尖锐的目光已经感受到女儿轮廓上哪怕是最最细微的一点变化,每一分线条,脸部的每一点表情。她真是长大了……四个月,她出落得更加漂亮,更有女人味了……看到她的妆越来越浓,他倒是有些情绪。老天爷啊,她根本不需要这样,她只有十八岁,令人赞叹的金色肌肤,仿佛花一般的嘴唇,然而这嘴唇却被她涂成了血红色。真是遗憾啊……他叹了口气,嘟哝道:"小蠢货……"接着他又小声说:

"你长大了……"

"是不是更漂亮了呢?"女儿嚷嚷道。

她突然直起身,再坐下,双腿弯着垫在身下,两手抱膝:她盯着格德尔，用她那双亮闪闪的黑色大眼睛，还是格德尔讨厌的那种目光，那种受宠的、招人喜欢的女人特有的高高在上、漫不经心的目光。奇妙的是，尽管有这样的目光，尽管脸上涂的脂粉越来越厚，尽管满身金银珠宝，她还保留着小女孩儿那种咯咯的笑声，略显粗暴、过于活泼甚至可以说有些粗鲁的动作，以及那种只有非常年轻时才有的轻盈的、无忧无虑的优雅。"但很快就会消失的。"他想道。

格德尔小声说：

"下来，乔伊丝，你挡住我了……"

女儿轻轻地抚摸着他的手。

"你要钱？"

女儿看见爸爸边笑边摇头。

"总是这样……我也不知道自己是怎么搞的。就这样从指缝间流走了……"

她将手指分开，咯咯笑着：

"像水一样……这不是我的错……"

两个男人从花园里走了上来。霍约斯和一个二十来岁的男人，非常英俊，一张清瘦、白皙的脸，格德尔不认识。

"他是阿莱克斯亲王……"乔伊丝迅速在他耳边低声说，"得称呼他尊敬的亲王殿下。"

她跳到地上，接着一个马步跳过栏杆，叫道：

"阿莱克斯，来……你到哪里去了？我等了你一个上午，都快等疯了……这是爹地，阿莱克斯……"

年轻男子走近格德尔，和他打了个招呼，神色之间有一分羞怯，同时又不无傲慢，然后他走到乔伊丝身边。

等他离开后,格德尔问道:

"这个小白脸是从哪里冒出来的?"

"他很漂亮,不是吗?"霍约斯无精打采地嘟哝道。

"是的。"格德尔小声应了一句,接着又不耐烦地重复问:

"我问他是从哪里冒出来的?"

"出身良好,"霍约斯一边微笑一边看着他,"这是那个可怜的皮埃尔·德·卡莱路的儿子,就是那个在一九一八年被杀的皮埃尔。他是亚历山大大帝的侄子,他姐姐的儿子。"

"他看上去像是靠妓女养活的小白脸。"费希尔说。

"他也许就是。谁能证明他不是呢?"

"无论如何,他曾经和老鲁芙娜在一块儿。"

"只是和那老女人吗?这么可爱的一个小伙子……这倒是蛮让我吃惊的……"

霍约斯坐下来,伸长腿,小心翼翼地将他的夹鼻眼镜、丝手帕、报纸和书放在柳条桌上。他那长长的手指在碰触这些东西的时候还是那样轻柔,好似抚摸,这么多年以来,他的这种动作很是让格德尔有些说不出的气恼……霍约斯慢慢地擦燃了一根香烟。于是,就在这一瞬间格德尔发现霍约斯拿着金色打火机的手已经满是皱纹,仍然那么柔软,但如同一朵枯萎的花一般……真是奇怪,像霍约斯这样一个英俊的情场老手也会老……他应该接近六十岁了……但是他依然英俊,和过去一样,清瘦、细腻,小小的,满是银发,总是高昂着脑袋,身体很挺拔,面色纯净,高高的鹰钩鼻,鼻孔有些外阔,仿佛散发着热情与生活情趣。

费希尔颇令人讨厌地耸耸肩,指着阿莱克斯说:

"据说他喜欢男人,是真的吗?"

"至少现在不是。"霍约斯嘟哝道。他讽刺地望着乔伊丝和阿莱克斯:"他还那么年轻,这样的年龄趣味还没定型。再说,格德尔,您的乔伊丝可一心想嫁给他呢,您知道吗?"

"什么?"格德尔突然爆发道。

"没什么,我只是在想……不是吗?您会不会让乔伊丝嫁给这么个和教堂里的老鼠一样穷的穷鬼?"

格德尔动了动嘴,最后说:

"为什么不呢?"

霍约斯耸耸肩,重复一遍格德尔的话:

"为什么不呢?"

格德尔一边思考一边说:

"她会很有钱的……再说,她知道如何支使男人,瞧她……"

其他两个人都没再说话。乔伊丝跨在栏杆上,正在对阿莱克斯说什么,语速很快,声音很低。时不时地,她会伸出双手将短发往后撸,动作有些神经质。她似乎心情不太好。

霍约斯站起身,悄然向前走去,他似乎想捉弄一下他们,眯缝着他那双闪闪发光的黑眼睛。他的眉毛很浓,有些地方已经灰白,仿佛那种珍贵的皮毛的颜色。他听见乔伊丝低声说:

"只要你愿意,我们就乘车走,我们去西班牙,我想在那里做爱……"

她笑了,冲阿莱克斯噘起嘴唇:

"你想吗?快说呀,快告诉我!"

"那鲁芙娜呢?"他似笑非笑地反对道。

乔伊丝捏紧了拳头。

"你那个老女人!我讨厌她!……不,不,你和我一起去,听见了吗？你真不知羞耻，瞧……"

她弯下腰，神秘地指指自己睫毛下的蓝色阴影：

"这里是你，你知道吗？"

她发现霍约斯就站在身后。

"听好了，美人。"他低声说。

霍约斯一边轻抚她的头发一边朗诵道：

> 妈妈，我情愿我们为此死去，
> 她大声说。
> 这是第一次，
> 夫人，也是最好的一次……

乔伊丝笑着，抱住自己美丽的双臂。

"爱情是美好的，不是吗？"她说。

格劳丽亚回来的时候已经将近三点了。家里已经有一群人：穿着粉红色长裙的鲁芙娜夫人，乔伊丝的朋友达芙内·马纳林和她的母亲，供养这两个女人的一个德国人，印度邦主，邦主的妻妾和两个女儿，鲁芙娜夫人的儿子，还有一个高个子、棕发、皮肤又粗又黄、浑身散发着橘香的阿根廷舞蹈演员玛丽亚-皮亚。

中饭开始。漫长而奢华的中饭，直到下午五点钟才结束；其他的客人陆陆续续也到了。格德尔、霍约斯、费希尔和一个日本将军开始打桥牌。

牌一直打到晚上。八点钟的时候，格劳丽亚的女佣来通知格德尔，说夫人提醒他不要忘记，他们要去米拉马尔家吃晚饭。

格德尔犹豫了一会儿，但是他已经感觉好多了；他上楼来到自己的房间穿好衣服，准备好之后，他走进格劳丽亚的房间。格劳丽亚正站在巨大的三扇镜前，她才穿好衣服；女佣正跪在地上，吃力地为她穿鞋；格劳丽亚缓缓地转过身，将一张堆满脂粉的脸呈现在格德尔面前，这张老脸仿佛一只彩色釉盘一般鲜艳夺目。

"大卫，今天我见到你的时间都不超过五分钟，"她不无埋怨地咕哝道，"你总是在打牌……你觉得我怎么样？我已经化好妆，就不拥抱你了……"她向他伸出手，一只漂亮的小手，上面那颗巨大的钻石闪耀着夺目的光芒。然后，她小心翼翼地梳理着那头棕红色的短发。

她的脸颊已经下垂，仿佛从里面漏了气一般，脸颊中央是一只酒糟鼻，还有一双璀璨的蓝眼睛，目光清澈冰冷。

"我瘦了，你觉得呢？"她笑着说，嘴里镶的金牙闪闪发光。

"你觉得呢，大卫？"她又重复道。为了让他看得更清楚一些，她慢慢转动着身体，颇为骄傲地挺直身体，她的身体依然很美，肩，臂，尽管已经到了这样的年龄，高耸而坚挺的胸部还是散发出耀眼的光芒，非常白，皮肤也未见松弛，如大理石一般平滑，但是她的颈项已经起了一道道皱纹，脸上的皮肤也软绵绵，颤巍巍的，在光线下，深色的粉泛着紫光，散发着可怕而可笑的衰败的气息。

"你看出来了吗，大卫？我可是瘦了不少。一个月内我就减了十斤，不是吗，杰妮？我现在找了个新的按摩师，是个黑鬼，当然，是那种一级按摩师。这里的女人都快为他发疯了。他让那个老阿尔芳都减下来了，你还记得吗？那个啤酒桶？她现在和年轻姑娘一样苗条。只是这个按摩师很贵……"

她没再说下去：嘴角有一小块唇膏有些化了；她抓住唇笔，慢慢地、耐心地描第二次，她的嘴唇已经松弛，时光已经抹去了它原本的形状，那种纯粹、分明的弓形……"应该说我还不完全是那种老太太的样子，是吧？"她带着一丝满意的微笑说。但是他的目光有些空洞，虽然望着她，却根本不在看。女佣拿来一个首饰盒，格劳丽亚打开后在里面翻手镯，所有的手镯都被乱七八糟地扔在盒子里，彼此勾连，仿佛手工篮里的线团一样。

"这个不要，大卫……大卫。"她恼火地继续翻着，眼角瞥见格德尔正机械地扯着搭在沙发上的一块漂亮的大披肩，那是一块丝质的披肩，金色和暗紫色交织而成，上面绣着大红的鸟儿和大朵的花的图案。

"大卫……"

"怎么了?"格德尔有点不高兴。

"生意怎么样?"

格劳丽亚涂着浓墨重彩的睫毛下突然射出别样的、极富穿透性的尖锐目光,如同一道闪电。

格德尔耸了耸肩。

"就这样……"他最终回答道。

"什么叫就这样?不怎么样,是吗?大卫,我在和你说话。"她不耐烦地重复道。

"不算太坏。"他无精打采地说。

"亲爱的,我需要钱。"

"又要钱?"

格劳丽亚生气了,猛地拔下合不拢的手镯,扔在桌子上,镯子滚在地上,她踢了一脚,叫道:

"什么叫又要钱?你根本不知道你这样说的时候我有多来气。怎么,你到底是想说什么,又要钱?难道你觉得生活不需要钱吗?首先是你的乔伊丝……!啊!你那个宝贝女儿!就好像钱烧她手似的……你知道我稍微想管她一下的时候她怎么说吗?她说'爹地会付的'。是啊,的确,只要是她,钱总有的是!只有我,我无所谓。我应该靠空气生活,是吗?这一次究竟是什么出了问题?格马公司?"

"哦,格马的问题早就有了,如果我们现在靠这个生活……"

"但现在你有什么值得做的生意吗?"

"是的。"

"什么呢?"

"啊，你真烦，"格德尔突然间爆发了，"你总是这样不停地问我生意上的事情！你根本什么也不懂，你自己也很清楚！女人真是见鬼！你究竟担心什么？我还在呢，不是吗？你又买了根新项链，"他努力地让自己平静下来，"让我看看……"

她捧着珍珠，想在瞬间给它们一点温度，就像温酒一样。

"真是珍品，不是吗？你瞧，你还指责我花钱太多？时间流逝，珠宝是最保值的了。你知道，这也是生意。猜猜看我花了多少钱买的？八十万，亲爱的。一点也不贵，不是吗？搭扣上的这颗祖母绿就已经值这个价了，不是吗？看看这颜色，这大小！……还有珍珠呢……这些不太规则，但是这三颗前面的，看到了吗？啊！这里的机会多得简直不可思议！所有那些妓女，为了套现，她们能把手上所有的东西都卖掉……啊！只要你多给我一点钱……"

格德尔咬紧嘴唇；格劳丽亚继续说：

"这里有个女孩儿，她的情人，一个花花公子，赌输了很多钱，女孩儿都疯了，她想卖掉大衣，非常漂亮的毛丝鼠皮，我还了她价，她到这里来哭着求我，我拒绝了，我当时想她一定会慌的，我应该能用个好价钱把它买下来。我现在后悔了……她的情人自杀了。自然她不会再卖……啊！大卫，你还不知道那个老疯婆鲁芙娜买了根怎样的项链呢！……一根绝妙无比的项链……一根钻石项链……现在都不戴珍珠了，这年头，你要知道……据说她花了五百万……我想重新镶嵌一下我那根旧的钻石项链，还得买五六颗大钻石，这样才够长……没有钱的时候就得想办法……但是那个鲁芙娜夫人，她有多少首饰啊！而她那么老，那么丑，她至少有六十五岁了！……"

"你现在可比我有钱,格劳丽亚。"格德尔说。

格劳丽亚咬紧下颚,发出一种短促的声音,就像鳄鱼在捕捉住猎物之后突然间把嘴闭上所发出的声音。

"我讨厌你这类玩笑,你知道的!"

"格劳丽亚,"格德尔犹豫了一下说,"你应该知道的,马居斯……"

"不,"格劳丽亚心不在焉地说,她用蘸了香水的手抚弄着珍珠后面的耳垂,"不知道……什么?马居斯?"

"啊!你还不知道,"格德尔叹口气说,"哦,他死了,已经入葬。"

格劳丽亚出了一会儿神,拿着香水瓶,举在面前。

"哦,"她似乎缓和了些,但口气中不无痛苦和震惊,她低声说,"怎么可能?他还不太老。他怎么死的?"

"他自杀了。因为破产。"

"多么怯懦,你不觉得吗?"格劳丽亚激烈地说,"那他妻子呢?……她倒是舒服了!你见到她了?"

"是的,"格德尔冷笑道,"她颈间的珍珠项链和核桃一样大。"

"你想怎么样?"格劳丽亚尖酸地问道,"想让她像个傻瓜一样把一切都给马居斯?好让他再在股市或者其他什么地方全部输掉,让他再晚两年自杀,但是这样她就一文不名了,是吗?男人真是自私……你希望是这样的,是吗?"

"我什么也不想,我够了,"格德尔咕哝道,"只是每每想到为你们做这做那,精疲力竭……"他没再说下去,目光中有一种奇怪的仇恨。

格劳丽亚耸耸肩。

"但是,亲爱的,像马居斯和你这样的男人并不是为了自己的妻子在工作,算了吧,你们是为你们自己……是的,是的,"她坚持道,"生意实际上就像吗啡一样容易上瘾。如果没有生意做,你会是全世界最悲惨的人,我的小东西……"

格德尔神经质地笑了起来:

"啊!你安排得很好,我的妻子。"他说。

乔伊丝房里的女佣轻轻地将门打开一条缝。

"是小姐让我来的,"她对格劳丽亚说,格劳丽亚正用一种冷冰冰的、颇不高兴的眼神望着她,"小姐已经打扮好了,想让先生去看看她的裙子。"

格德尔立刻站起身。

"这个小东西真烦人,"格劳丽亚勉强动了动嘴唇,嘟哝道,语调冷漠而充满敌意,"你把她宠坏了,就像一个老情人,你真可笑。"

但是格德尔已经向屋外走去;她冲着他的侧影耸耸肩膀。

"至少你让她快点,老天啊!每次我在车里等她的时候她都还在镜子前面左顾右盼。你到她那里真能看到一出好戏,我告诉你……你看到她和男人在一起的那种腔调了吗?你可以告诉她,如果她十分钟之内还没有收拾好,我就不带她去了。你看着办吧。"

格德尔没有回答便走了出去。在走廊里,他停下脚步,面带微笑地呼吸着乔伊丝散发出来的香气,那么强烈,那么沁人心脾的香气,浸淫着整个楼道,仿佛一大束玫瑰花。

乔伊丝听见爸爸踩在楼板上的沉重的脚步声,叫道:

"是你吗?进来,爹地……"

她正站在房间里闪闪发光的大镜子前,用脚逗弄着金毛小狗吉尔。她笑盈盈的,歪着她那颗美丽的脑袋,问道:

"爹地,你喜欢我的裙子吗?"

她穿着一条银白相间的裙子。看到爸爸正纵容地望着她,她做了个小鬼脸,用下巴点了点白净而有力的脖子和令人赞叹的双肩。

"这裙子领口还不够低,你不觉得吗?"

"能吻吻你吗?"格德尔问。

她走近格德尔,伸过已经化好精致妆容的面颊,然后嘟起一角已经涂好唇膏的小嘴。

"你的妆太浓了,乔伊丝。"

"就得这样。我的面色太苍白了。我老得很快,烟抽得太多,舞跳得太多。"她无所谓地说。

"当然……女人都是那么愚蠢,"格德尔嘟哝道,"而你,你还得加上疯狂……"

"我太喜欢跳舞了。"她半闭上眼睛,咕哝道。美丽的双唇在轻轻地颤抖。

她站在他身后,让他握着她的手,但是她那双闪亮的大眼睛并不在看他;身后的镜子中,他们似乎在彼此欣赏。他掩饰不住地笑着。

"乔伊丝!你比以前还要爱打扮,我可怜的女儿。还有,你母亲对我说……"

她立刻大声叫起来:

"她比我打扮得还要厉害,她,她可没有理由,她已经老了,丑了,而我……我很漂亮,不是吗,爹地?"

格德尔笑着拧了拧她的面颊。

"啊!我当然希望是这样!……我可不想有个丑女儿……"他突然停了下来,面色苍白,手抚着胸口,喘了一会儿气,他的眼睛突然睁得很大,很可怕,接着他叹了口气,垂下胳膊……痛苦退去了……但是很慢,仿佛不太情愿似的……他推开乔伊丝,拿出手绢,久久地擦拭着额头和冰冷的双颊。

"给我点喝的,乔伊丝……"

乔伊丝让隔壁房间的女佣拿了杯水来;格德尔贪婪地喝着。乔伊丝拿着她的小镜子,一边哼歌一边梳理头发。

"爹地,你给我买了什么?"

他没有回答。她重新走近他,跳上他的膝头。

"爹地,爹地,看看我,瞧,你怎么了?回答我啊!你别吓我……"

他机械地拿出皮夹,将几张一千法郎的票子放在她手上。

"就这点?"

"是的,你还不够吗?"他努力挤出笑容,小声说。

"不,我想要辆新汽车。"

"什么,你原来的车子呢?"

"我不喜欢了,车子太小……我想要一辆布加迪。我想去马德里,和……"

她突然停下,没有说下去。

"和谁?"

"和几个朋友……"

他耸耸肩。

"别说蠢话。"

"这不是蠢话……我想要辆新车子……"

"那好吧,那你就别想了……"

"不,爹地,亲爱的爹地……给我辆新车子嘛,给我嘛,答应我吧……我会听话的……达芙内·马纳林就有一辆漂亮的新车子，是伯尔林送给她的……"

"生意不太好……明年……"

"你们总是这样对我说！……我才不管呢，你会想办法的！……"

"够了！你真烦。"格德尔终于不耐烦地叫道。

她没再说话，跳了下去想了一会儿，走回来蹭在他身上说：

"爹地……如果你很有钱，你会给我买吗？"

"买什么？"

"车子……"

"哦。"

"什么时候？"

"只要有钱，立刻买。可我没钱。让我安静点吧。"

乔伊丝高兴地叫了一下。

"我知道该怎么办了！我们今晚去赌场……我会让你赢的……霍约斯总是说我能给人带来好运……你明天就给我买车子！"

格德尔摇摇头。

"不，晚饭后我要马上回来。你要知道，我才坐了一夜的火车。"

"那又怎么样？"

"今天我病了，乔伊……"

"你？你可是从不生病的。"

"是吗？你以为？"

乔伊丝突然问：

"爹地？你喜欢他吗，那个阿莱克斯？"

"阿莱克斯？"格德尔重复了一遍，"啊，是的，那个小东西……他挺可爱。"

"你希望我成为王妃吗？"

"这得看……"

"别人叫我王妃殿下……"

她走到吊灯的光晕中，向后仰起那颗雅致的、金发的脑袋。

"好好看着我，爹地……这个角色合适我吗？"

"是的，"格德尔小声说，露出一丝不易察觉的骄傲，然而这丝骄傲又让他的心脏狂跳起来，几乎又有些疼，"是的……很合适你，我的女儿……"

"你会为此付很多钱吗，爹地？"

"真的这么昂贵吗？"格德尔问道，他的嘴角出现了一抹很难看到的生硬的微笑，"这还真让我吃惊……现在，满大街跑的都是亲王……"

"是的，但不是这一个我喜欢的……"乔伊丝沉浸在深深的激情之中，以至于脸色发白，直至双唇。

"你知道他什么也没有，一个子儿也没有吗？"

"我知道。但是我有钱。"

"我们走着瞧吧。"

"啊！"乔伊丝突然叫道，"瞧，问题是，我，在这个世界上，我需要一切，否则我宁可去死！一切！一切！"她带着一种炽热的、高高在上的神情重复道："我不知道其他人怎么样！……达芙内，她会为了钱和老伯尔林睡觉……而我，我需要爱情、青春，这世界上的一切！……"

格德尔叹道：

"还有钱……"

她做了个粗暴而兴高采烈的手势，打断了他：

"钱……钱也要，当然，或者，更确切地说，是漂亮衣服和首饰！……一切，我和你说过的，我可怜的爹地……我多么疯狂地爱着这一切！我多希望自己能够幸福，但愿你能明白！否则，我情愿去死，我发誓！……但是我很平静！在这个世界上，我想要得到的总是能够得到！……"

格德尔垂下脑袋，接着勉强挤出一丝笑容，小声说：

"我可怜的乔伊丝，你真是疯了……自你十二岁开始你就在爱了，我想……"

"是的，但这一次……"她向他投去沉重而顽固的一瞥，"我爱他，把他给我，爹地……"

"像给你汽车一样？"

他笑了，可并不高兴：

"走吧，来，穿上外套，下楼去……"

汽车里，戴满首饰的格劳丽亚坐得笔直，像尊异域的雕像一般，在黑暗中闪闪发光，同时在等他们的还有霍约斯。

午夜,格劳丽亚冲着坐在她对面的丈夫说:

"你像个死人,大卫,你怎么了?"她不耐烦地问道,"你就那么累吗?我们这会儿要去西布尔,我告诉你……我看你最好还是回家。"

乔伊丝听到这话叫道:

"爹地,这个办法不错……来吧,我陪你回去……我过后再到西布尔来找你,行吗?妈咪?达芙内,我乘你的车子。"她转身对小马纳林说。

"你可别把车子弄坏了。"达芙内用命令的口吻说,她的声音很奇怪,干巴巴的,非常嘶哑,都是鸦片和酒精造成的。

格德尔对饭店老板做了个手势。

"结账!"

他机械地说着话,接着,他想起来,据格劳丽亚说,今晚他们是被邀请去米拉马尔家吃饭。然而,在场的人纷纷匆匆忙忙地离去了;只有霍约斯一直看着他,不无讽刺地咬紧双唇,一言不发。他耸耸肩,付了钱。

"过来,乔伊①……"

夜非常美。他们上了达芙内的敞篷车。乔伊丝发动后,车子风驰电掣般地向前开去。道路两边的柳树似乎很快沉入并消失在一口深井之中。

---

① 乔伊丝的昵称。

"乔伊丝……你简直是个疯子……总有一天你会把命送在这马路上的……"格德尔叫道,脸色有些苍白。

乔伊丝没有说话,似乎很不情愿地降低了一点速度。

等他们到了城门口,乔伊丝用她那双似乎有些迷离的大眼睛望着他说:

"你害怕了,老爹?"

"你会送命的。"他重复道。

她耸耸肩:

"啊,那又怎么样?非常美丽的死亡……"

她轻轻地将嘴唇贴在手腕一处正在流血的擦伤上,小声说:

"一个美丽的夜晚……穿着舞会的裙子……开一小会儿车……然后一切就结束了……"

"闭嘴!"他带着一丝恐惧叫道。

乔伊丝却笑了:"可怜的老爹地①……"

接着她突然说:

"好了,现在下车吧,我们到了……"

格德尔抬起头。

"什么?可这是赌场!啊!我现在明白了……"

"如果你要走,我们可以马上就走。"她说。

她一动不动,微笑着看他。她很清楚,只要瞥见赌场灯火通明的窗子,窗子后面来来去去的赌徒的身影,瞥见这面向大海的小小的阳台,他就走不了。

"走吧,就一个小时……"

---

① 原文为英文。

乔伊丝也不管台阶上聚在一起的男仆,欢快地大叫了一声。

"爹地,爹地,我爱死你了!我感觉到你会赢的,你瞧着好了!……"

他笑了,咕哝道:

"不管怎么说,你反正是一个子儿也不会得到,我事先通知你,我的小东西。"

他们进了赌厅。有几个女孩儿在赌桌前晃来晃去,她们认出乔伊丝,冲她亲热地笑着。乔伊丝叹了口气说:

"啊!爹地,什么时候才能让我也赌呢,我都想死了!……"

但是他已经无心听她说话了;他看着牌,双手在颤抖;她应该是叫了他好几声。终于,他突然转过头,叫道:

"什么?你到底要干什么?别烦我!……"

"我坐在那里,"她指了指靠墙的长凳,"好吗?"

"是的,想坐哪里就坐哪里,但是让我安静一点!……"

乔伊丝笑了,点了一支烟,坐在小小的天鹅绒硬沙发上,双腿蜷起,指间抚弄着珍珠项链。从她坐的地方,她只能勉勉强强瞥见围着赌桌的人:沉默的、颤抖的男人,伸着脖子的女人,所有的人都俯视着桌面上的牌和钱,表情贪婪而怪异。有些陌生男人在乔伊丝身边打转;时不时地,为了聊解烦闷,乔伊丝会隔着低垂的睫毛,像小女孩儿那样躲躲闪闪地看一眼,目光热情而挑逗,还真有一个男人为此停下来,几乎吓了她一跳。她大笑着转过头,重新开始等待。

有一次,牌桌前的人散开,重新组合新的牌局,她清楚地看见了格德尔,他似乎突然间就老了,非常奇怪,凹陷下去的脸显得很沉重,灯光下惨淡得发绿,还掠过阵阵的焦虑。

"他多么苍白啊……他究竟怎么了?是不是输了?"她在想。

她站起身,焦急地张望着,但是人群又围满了赌桌;她神经质地做了个鬼脸。

"真是的!真是的!我是不是应该走过去呢……不,和赌局相关的人会带去霉运的。"

她在大厅里找寻,看见一个陌生的年轻男子,旁边是一位几乎半裸的漂亮姑娘。她盛气凌人地冲他们打了个招呼:

"哎,告诉我,那边的情况怎么样?……老格德尔……他赢了没有?"

"没有,赢的是另一个老猴子,多诺万。"女人答道。那肯定是个在全世界赌场颇负盛名的老赌棍。乔伊丝恼火地扔了香烟。

"哦,他必须,必须赢,"她绝望地嘟哝道,"我要车子,我要!……我要和阿莱克斯一起去西班牙!就我们俩,没人管我们……我还从来没有和他度过一整个夜晚呢,在他的臂弯里……我亲爱的阿莱克斯……哦!他必须赢!我的上帝啊,主啊,保佑他赢吧!……"

夜晚就这么过去了。乔伊丝还是不自禁地睡着了,脑袋歪在胳膊上。赌厅里的烟呛得她睁不开眼睛。

模模糊糊地,她似乎在酣梦中听见有人指着她在笑:

"瞧,小乔伊丝睡着了……她多美啊……"

她微笑着,手指轻轻抚弄着颈上的珍珠项链,沉醉在梦乡里。过了一会儿,她半睁开眼睛:赌场的窗子越来越亮,泛着红光。

她勉强抬起沉重的脑袋,看了看赌场。人没那么多了;格德尔一直在赌。有人在说:"他现在赢了,刚才他输掉了一百万……"

太阳升了起来。她下意识地将脸转向太阳的方向,继续沉睡。等她感觉到被摇醒的时候,天已经大亮了;她醒过来,伸出手,将她爸爸塞到她手中的那些皱巴巴团在一起的票子抱在手里,她的爸爸就站在她面前。"哦!爹地,"她高兴地嘟哝道,"真的!你赢了吗?"

他没有动;一夜之间,新长出的胡子布满了他的面颊,仿佛染上了一层厚厚的灰霜。

他努力地一字一顿地说:

"不,我想开始我大约输了一百万,然后我又赢了回来,多赢了五万,就是给你的这些。就这些。走吧。"

他转过身,步履沉重地向门口走去。她还没有完全醒,胳膊夹着拖在地上的白色天鹅绒大衣,手上全是零碎的票子,零零落落地掉在地上。突然,她看见格德尔停下了脚步,踉跄着。

"我在做梦吧……他是不是喝多了?"她在想。就在同时,格德尔那高大的身体摇晃了一下,奇怪而可怕;他双手向空中伸去,在空气中晃了一下,接着便倒了下去,发出暗哑而深沉的叫声,仿佛呻吟,仿佛是从一棵被砍倒的树的树根处发出的直抵树心的声音。

"请别站在窗边，夫人，"看护低声说，"您挡着教授先生了。"

格劳丽亚机械地往后退了几步，眼睛盯着床；床上那张沉重的脸向后仰着，一动不动，深陷在枕头里。她不禁打了个寒颤。"真和死人差不多。"她想。

他似乎还没有苏醒；医生弯下身，凑近这具毫无生机的身体，为他听诊、搭脉；他一动没动，甚至没有呻吟。

格劳丽亚的双手神经质地绞在项链上，转过头。他会死吗？"这一切都是他自己的错，"她愤怒地咕哝道，声音还挺大的，"他究竟有什么必要去赌这一夜？现在你满意了，"她情不自禁地唠叨着，好像真的在和他说话，"这个蠢货……这一切得花多少钱啊，我的上帝啊……但愿他能康复……但愿这一切不会持续太久……否则我会发疯的……这个晚上我是怎么度过的啊……"

她想起整个夜晚，她都这样待在这间房子里，直到早晨盖达利亚教授来，每一秒钟，她都在想格德尔会不会死，就死在这里，死在她的眼皮底下……这个夜晚真是可怕极了……

"可怜的大卫……他的眼睛……"

她又重新看到了这茫然的、一直盯着她的眼神。她害怕死亡。她耸耸肩。无论如何人是不会就这样死掉的……"但是我需要知道，我！"她一边想一边偷偷往镜子里看了一眼。

她做了个手势，无助而愤怒，然后她在一把扶手椅上坐下来，笔直，僵硬。

但是盖达利亚将床单拉到病人的胸部，直起身。格德尔发出了几乎难以分辨的呻吟声。格劳丽亚像发了疯一般地问道：

"怎么样？他到底怎么了？严重吗？这病要拖很久吗？他会病很久吗？告诉我真相，我求求你了，我能接受一切！……"

医生将椅背翻过来，慢慢地抚摸着自己黑色的络腮胡，微笑说：

"亲爱的夫人，您太激动了，"他温和地说，声音极富音乐感，仿佛牛奶一般流淌着，"不过，我应该说，没有什么大不了的事情……但是是的，是的，他昏倒了，不是吗？他昏倒让我们感到有些害怕，我们都被他吓到了，这是很自然的……但是休息十天八天后他就不会再……他有些疲劳，劳累过度……唉！我们一天比一天老，亲爱的先生，我们的动脉不再是二十岁的时候了。我们不能够像过去一样……"

"瞧！"格劳丽亚恼火地嚷嚷道，"我就知道是这样！稍微有一点点问题，你就以为自己要死了！……但是，说点什么，我们来看看……"

"不，不，"盖达利亚教授立刻打断她说，"他不能说话，正相反！一定要休息，休息，还是休息！过会儿我给他打一针，他就不会觉得那么疼了，而我们呢，亲爱的夫人，我们就让他……"

"但是不管怎么说，你觉得怎么样？你是不是觉得好些了？"格劳丽亚还是不耐烦地重复问，"大卫！……"

他做了个微弱的手势，动了动嘴唇；格劳丽亚几乎没有听见，只是从他嘴唇的形状上辨认出他的话："我不舒服……"

"来，夫人，我们让他休息一会儿，"盖达利亚继续说，"他不能说话,但是他能够听清楚我们说的话,是吗,先生?"他用一种颇为活泼的语调补充道,并且冲看护会意地眨眨眼。

教授走了出去;格劳丽亚也随着出去,在旁边的走廊里找到他。"他没什么,是吧?"她说,"哦!他太敏感,太神经质了,真是可怕……您要知道,他让我度过了多么可怕的一夜!……"

医生庄严地举起他那只白皙、又肥又短的手,换了种语调说:

"我要打断您了,夫人!我首要的、不—可—动—摇的原则是不让病人对自己的病情有丝毫的怀疑,特别是他的状况比较危险的时候……当然……但是,唉,对于他的亲人,我应该据实以告,而我的第二个原则就是从不对病人的家人隐瞒任何情况……从不!"他有力地重复道。

"那究竟是怎么回事?他要死了?"

医生用一种颇为吃惊的、狡黠的眼神看着她,但要表达的意思很清楚,他是想说:"我看也没必要绕弯子了。"他坐下来,翘起一条腿,轻轻地将头向后仰去,无精打采地回答道:

"马上死不了,亲爱的夫人。"

"他到底怎么了?"

"Angor pectoris,"他颇为得意地,一字一顿地吐着拉丁语的音节,"用法语说,就是心绞痛。"

她什么也没说。他接着评论道:

"他还能活很长时间,五年,十年或者十五年,只要饮食得当,并且得到适当的照顾。他必须放弃——那是当然——生意。不能激动,不能劳累。必须过一种平静的、安宁的、有规律的生活,不能有什么起伏。完全的休息,永远的休息……只有在这样的前提之下,夫人,我才可以担保他没事,完全没事,因为这种病充满了变数,随时可能出事……我们不是神……"

他亲切地笑道:

"当然,现在不要把这告诉他,您很清楚,亲爱的夫人,他现在还非常痛苦……但是,八天到十天之后,他还是很有希望好转的……那个时候再和他下最后通牒也不迟。"

"但是,"格劳丽亚的声音都变了,她小声说,"这不……这不可能……放弃生意……这不可能,瞧……他会为此送命的,"她神经质地结束了她的咕哝,因为盖达利亚什么也没说。

"哦,夫人,"他笑着说,"您要知道,我经常看到这类情况……我应该可以说,我的客户都是这个世界的大人物……那个时候我曾经治疗过一位很有名的银行家……顺便要告诉您,我的同事都认为他没希望了……当然我不是想要和您说这个。而是这位先生和格德尔先生患的是类似的病,而我的结论也完完全全一样……他周围的人都害怕他要自杀……然而这位大银行家还活着。十五年过去了……他成为一位很精通的收藏家,热衷于文艺复兴时期精雕银器的收藏。他藏有很多精品,其中有一件是镶金的雕花银水壶,据说是伟大的切利尼①的第一件作品,一件杰作……我敢说他在对于这些稀有的珍品的欣赏中尝到了前所未有的乐趣。可以肯定的是,开始的几个星期肯定不好过,但是在这之后,您的丈夫就会发现……我应该怎么说呢,就会发现自己的爱好……收藏釉器、宝石、高贵的乐曲,我们现在还不知道。男

---

① 本韦努托·切利尼(Benvenuto Cellini, 1500—1571),意大利文艺复兴时期著名的金银器艺术家和雕刻家。

人就像一个大孩子……"

"多么愚蠢啊。"格劳丽亚想。想到大卫将沉浸于珍本书、奖章或是女人,她突然觉得好笑,然而不无苦涩……"主啊!愚蠢的东西!怎么活下去?吃饭?穿衣?这些都怎么办?他难道以为钱会像草一样长得遍地都是吗?"

她突然站起身,点了点头。

"谢谢您,教授先生,我会考虑的……"

"但是我希望您能将病人的进展告诉我,"盖达利亚微笑着说,"我想他的病情,稍后最好还是由我来告诉他。必须要有分寸,有技巧……我们经常做这类事,我们已经习惯了,是的,心灵也要小心对待,和对待身体一样。"

他吻了吻格劳丽亚的手,消失了。她一个人留在走廊里。

她开始在寂静的走廊里走来走去,一声不响。她很清楚……她一直都很清楚……他从来没有为她存过一分钱……所有的钱都从一桩生意流向另一桩生意……那现在呢?"是的,从纸上来说有几十亿,是的,但是手上却什么也没有,没有……"她恼火透了,咬紧牙关,齿间咯咯作响。他总是说:"你有什么好担心的?我还在呢……"这个蠢货!到了六十八岁,难道还不该对死亡有所准备吗?一个六十八岁的男人,他的首要责任不就是给自己的老婆留下足够的、合适的财产?他们什么也没有。如果他放弃了生意,那就什么也没有了。生意……一旦这条金钱之河不再流动。"也许还有一百万,"她想,"细细地搜刮一下,能有两百万……"她恼火地耸耸肩。按照他们的生活,一百万只能过半年。半年……可这个男人,还有这个男人呢,半死不活躺着的废人……"我需要他再活十五年,真的,"她突然用仇恨的语调说,"就为了他给我的幸福生活……不,不……"她恨他,这个粗鲁的、又老又丑的男人,在这个世界上他只爱钱,然而他却没有能力看住钱!他从来没有爱过她……如果说他让她披金挂银,那只是把她当作一面活招牌,一个陈列货架,而自从乔伊丝长大了之后,甚至连金银首饰也往她那里跑了……乔伊丝?他爱她,她……还有乔伊丝……因为她漂亮,年轻,光彩照人。骄傲!在他的内心深处就只有骄傲和虚荣!而她呢,要一颗钻石或是一个新戒指,也总是要闹一场,大喊大叫的:"别烦我了!我什么也没有了,你想让我破产吗?"别人呢?别人是怎么做的?所有人还不都像他一样工作!他们并不认为自己是世界上最聪明、最强大的,但是,至少,在他们老的时候,当他们就要死的时候,他们可以让自己的妻子无忧无虑地生活!……"这个世界上有幸福的女人……"而她呢……真相在于他从来没有操心过她……他从来没有爱过她……否则,如果知道她一无所有,他连一个小时都过不下去……她自己存的那点可怜的钱,她那么耐心,那么努力地一分分存起来的钱……"但这是我的钱,属于我的,属于我,他可别指望我会拿出这笔钱来养他!……感谢上帝,靠女人养活的男人一个就够了,"她咕哝着,想到了霍约斯,"不,不,让他自己管自己吧……"无论如何,她为什么要把真实情况告诉他,凭什么?她很清楚,犹太人怕死得很,他会什么都不管的,就只想着自己宝贵的生命、宝贵的身体……自私鬼,胆小鬼……"但是这么多年来,他竟然没有攒够能让自己平静地死去的钱,这难道是我的错吗?而且,现在生意正好那么糟糕,真是让人发疯……到后来……我现在是知道了,我会老的……这桩他现在想做的生意……他说过:'一桩值得做的生意……'如果这桩生意做成,也许是时候了,甚至他的病倒是一件好事,省得他又投入某项疯狂的兼并中……那倒是时候……"

她犹豫了一下,看了看门,一直走到角落的小桌子边:

医生先生,

因为处于万分焦虑之中,我经过深思熟虑,决定将亲爱的病人带回巴黎。请允许我向您表达诚挚的谢意。

她停下来,将笔扔掉,动静很大地穿过走廊,走进格德尔的房间。看护不在。格德尔似乎睡着了。他的手微微颤抖着,几乎难以发觉。她投去心不在焉的一瞥,看了看周围,终于发现了他挂在椅子上的衣服。她拿起上衣,在内袋翻腾了一阵,抽出皮夹打开。里面只有一张一折四的一千法郎大票;她将票子抓在手中。

看护进来了。

"他安静多了。"她指指病人说。

她有点尴尬,低下头,用嘴角轻轻碰了一下丈夫的脸颊。格德尔突然呻吟了一声,虚弱地摆摆手,似乎他想推开项链,那些冰冷的珠子在他的胸口滑动。格劳丽亚站起身,叹了口气。

"我最好还是走开。他已经认不出我了。"

当天晚上，盖达利亚就又来了。

他说："我不能在还对格德尔先生负有责任的情况下，让他离开。实际上，夫人，您的丈夫现在不能动。也许我早晨解释得不够清楚……"

"正相反，"格劳丽亚小声说，"也许您对我的警告有点……夸张？……"

她没再说下去；他们互相注视了一会儿，什么也没有说。盖达利亚似乎有些犹豫。

"夫人，您希望我再为病人检查一下吗？我在天蓝山庄吃晚饭，在马凯先生家……不过我还有半个小时的时间……我向您保证，如果我能够修正我的诊断，如果这不是那么严重的话，我会非常高兴。"

"非常感谢。"格劳丽亚嗫嚅着。她把盖达利亚让进格德尔的房间，自己一个人留在客厅里，站在关闭的门后，伸长耳朵在听；盖达利亚正在和看护低声说着点什么。她不太高兴地走开，手肘撑在窗台上，窗户开着。

一刻钟之后他进来了，搓着他那两只小小的手。

"怎么样？"

"嗯，亲爱的夫人，病人的起色非常大，以至于我想，也许只是一种纯粹的、神经性的发作……也就是说并非由于心脏的病变……我现在还很难下定论，因为病人现在很虚弱，但是我可以向您肯定的是，对于病人的未来，也许我们能够更加乐观一点。也许格德尔先生不需要放弃自己的事业，而且还能做很长时间……"

"真的吗？"格劳丽亚问。

"是的。"

他沉默了一会儿，接着又轻轻地继续说：

"但是，我要重申的是，就他目前的状况，他不能动。当然，您觉得怎样合适就怎样做。我承认，我的责任在某种程度上已经尽到了。"

"哦，不是这个问题，教授先生……"

她向他伸出手，微笑道。

"我衷心地感谢您……我想您愿意原谅我一时的混乱，是吗？您可以继续照顾我们这位可怜的病人吗？"

他假装犹豫了一会儿，似乎在回避，最后还是答应了。

从今之后，每天，都可以看见他那辆红白相间的车子停在格德尔的家门前。就这样大约过了十五天左右。接着，突然，盖达利亚消失了。格德尔清醒后做的第一件事是签了一张两万法郎的支票给教授，作为他的出诊费。

这一天，病人第一次坐起来，靠在垫子上。格劳丽亚的一只胳膊绕在他的肩后，支撑住他的身体，让他微微向前靠一点，她的右手拿着支票簿，替他打开在那里。她偷偷看了一眼他，眼神冷冰冰的。"他的变化可真大……尤其是鼻子……这鼻子以前可不是这样的，"她想，"那么大的鹰钩鼻，真的像个老犹太高利贷商的鼻子……还有这软绵绵的、颤巍巍的肌肉，散发着高烧和汗水的味道……"她拾起钢笔，因为病人虚弱的手没能拿住，笔掉在床上，床单上都是墨水。

"你现在感觉好些了吗,大卫?"

他没有回答。十五天来,他除了说"我喘不过气来……"或是"我不舒服……"之外,什么也没说,他的声音含糊不清,嘶哑而奇怪,只有看护能听懂。他一直那么躺着,闭着眼睛,胳膊靠着身体,一动不动,仿佛一具尸体一样沉默着。但是,盖达利亚走的时候,看护弯下身,将他安顿好,小声说:"他很高兴……"他的眼皮会睁开来,哆嗦一下,他的目光呆滞而冰冷,嘴角和脸上浮现出一种乞求和悲伤的神情……"他什么都明白。"她想。然而,再到后来,等他能说话,能命令——仅此而已——时,他从来没有问过她,也没有问过任何人他究竟得了什么病,要多久才能好,什么时候能够起床,什么时候能够离开……他似乎满足于格劳丽亚模模糊糊地对他说:"很快就会好起来的……只是劳累过度而已……不要抽烟了……烟对你的身体不好。大卫……别去赌了……你又不是二十岁……"

格劳丽亚不在的时候他就让人给他拿牌来。他把托盘放在膝盖上,玩通关游戏。疾病使他的视力有所下降;现在他是离不开眼镜了,银边的大眼镜,眼镜太沉,总是要掉到床上。他在床单里摸索着。结束了一次通关,他就把牌和好,重新开始。

这天晚上,百叶窗和窗户都开着,看护没有关;天气非常热。夜幕降临的时候,看护想将一块毯子搭在他的肩头上,他不耐烦地推开了。

"好了,好了,您别发火,格德尔先生,海风已经开始咆哮了……您可不想再生病了吧……"

"主啊,"格德尔咕哝着,声音有气无力,气喘吁吁地,他一字一顿地说,"究竟什么时候能让我安静一会儿?……我究竟什么时候能起床?……"

"教授先生说,如果天气好的话,这个周末就能起来。"

格德尔皱起眉头。

"教授……他怎么不来了,那个家伙?……"

"我想他是到马德里出诊了。"

"您……认识他吗?"

看护在他的脸上又看到了那种焦虑的表情,还有这种渴望的眼神……

"哦!当然,格德尔先生……"

"他……真的是个好医生吗?"

"非常好。"

他靠着垫子,闭上眼睛向后仰去,接着他小声说:

"我病了很久……"

"现在都结束了……"

"结束……"

他将手放在胸口,抬起头,定定地看着看护。"为什么我这里还痛呢?"他突然说,嘴唇在颤抖。

"这里?……哦……"

她轻轻地拿下他的手,放回床单上。

"您知道吗?您听见教授说的了吗?……这是神经性的疼痛……没什么关系的……"

"没什么关系……?"

他叹了口气,机械地直起身,重新开始玩牌。

"难道不是心脏的问题吗……不是吗?……"

他说得很快,很低,没有看她,也不带任何感情。她回答道:

"当然不是，不是，我们瞧好了……"

盖达利亚严禁她把真实状况说出来……但是迟早都是要告诉他的……当然这就不是她的事了……可怜的人，他是多么怕死啊……她指着牌说：

"瞧，您弄错了……这里应该放草花尖，而不是王……这里放张9试试……"

"今天星期几？"他没听她说话，兀自问道。

"星期二。"

"已经星期二了？我本来应该在伦敦的……"他用正常的声音说。

"啊！您现在应该少动，格德尔先生……"

她看见他立刻变得苍白起来，嘴唇也失去了血色。

"为什么？为什么？"他断断续续地咕哝着，"您在说什么，我的上帝啊？您真是疯了……不让我动……不让我动？"

"当然不是，当然不是，"她赶紧安慰他说，"您听谁说的？我可没说过……只是在这段时间里得当心一点……仅此而已……"

她弯下身，将一块毛巾放在他的脸上；他的面颊上淌下大滴的汗珠，如同泪水一般。

"她在撒谎……我听见她说过……我到底怎么了？我的上帝啊，我到底怎么了？为什么他们要对我隐瞒真相？我又不是女人，以上帝的名义……"

他虚弱地将她推开，转过身。

"把窗关起来……我冷……"

"您想睡吗？"她静静地穿过卧室，问道。

"是的。您出去吧。"

十一点钟刚过,看护睡着了,突然她听见格德尔在隔壁房间说话的声音。她赶紧跑过去,看见他坐在床上,满脸通红,似乎是在挥动双手。

"写信……我要写信……"

"他可能又在发烧了。"看护想。她想让他重新躺下,便像哄孩子一般哄着他。

"不,不,现在不能写……明天,格德尔先生,明天再写好吗?……现在得睡觉。"

格德尔不愿意,他重复自己的命令,试图用另一种方式说出来,更为平静,更为清晰,就像以前那样。

看护最终还是给他拿来了笔和纸。但是他只写了几个字母就不行了;他感觉到自己的手又沉又疼,几乎不能动弹,仿佛吊着一只秤砣。他呻吟着,小声说:

"写……您来写……"

"写给谁呢?"

"韦伯教授。您可以在巴黎的电话号码簿上找到他的地址,在下面。让他立刻来,非常紧急。写上我的地址、我的名字。您明白吗?"

"是的,格德尔先生。"

他似乎安静下来,要了点水喝,然后他重新躺在垫子上,请求道:

"打开百叶窗和窗子,我喘不上气来……"

"您希望我留下吗?"

"不,不需要。有需要我会叫您……电报,明天,七点钟,邮局一开门就发……"

"是的,是的。您放心,睡吧。"

他好不容易才翻过身,侧躺下,但是一直呼哧呼哧地喘个不停。他只好不动,忧伤地朝着窗户的方向。外面的风在呼啸,摇动着窗帘,巨大的白色窗帘像气球一样鼓了起来。他久久地、机械地听着这声音,海浪的声音……一、二、三……海浪撞击在灯塔下方的岩石上发出的喑哑的声音,然后是噼噼啪啪的响声,令浪花很富音乐性,水轻盈地沿着岩石流淌……那么安静……家里似乎没有人。

又一次,他在想:

"我究竟怎么了?究竟得了什么病?我的上帝啊,我究竟怎么回事?心脏的问题?真的是心脏的问题吗?他们在撒谎。我很清楚。必须懂得直接面对……"

他不再去想,双手神经质地握在一起。他在颤抖。他不敢说出来,哪怕是想个清楚也不敢:死亡……他颇为恐惧地望着窗户上面那方漆黑的天。"我不能。不,不,还不能……我还要工作……我不能。阿德诺伊,"他轻轻地、绝望地说道,突然记起了主的名字,"你知道我不能……但是为什么,为什么他们不告诉我真相呢?……"

真是奇怪。在生病的时候,他们对他说什么他都信以为真……那个盖达利亚……还有格劳丽亚……而现在他好些了……这的确是真的。他们说他可以起床,可以出去走走……但是他不是很相信这个盖达利亚……再说他几乎很难想起他究竟长成什么样子……但是他的名字就已经难以让人产生信任了……一个江湖郎中的名字……再说格劳丽亚也做不出什么好事。为什么她就没有想到要让韦伯来呢,韦伯可是法国最有名的医生。那个时候她生肝病,她立刻就让韦伯来了,当然……而他……格德尔……他就没什么问题,不是吗?……他似乎看到了韦伯的脸,他那双深沉而疲倦的眼睛仿佛能够读懂他的内心深处。"我会对他说的,"他小声说,"是的……我必须知道,我还有工作……他会明白……"

然而……这又有什么用呢?我的上帝啊?提前知道这一切又有什么用?一切迟早会来,就在瞬息之间,就像在赌场昏倒那样……只是这一次将是永远,永远不再醒来……我的上帝啊……

"不,不!没有治不好的病!……瞧,瞧……我是说心脏病,心脏病,我真像个傻瓜……但即便是心脏病……只要治疗得当,饮食合理,我也不知道……也许?……一定的……生意……是的,生意……这是最可怕的……但不能总是生意,生活中不能只是生意……瞧,现在,是泰伊斯科的问题……这个当然,无论如何得结束掉泰伊斯科的事情……但是这要花半年、一年的时间,"他带着生意人所不可战胜的乐观想,"是的,最多一年。然后,一切都可以结束……我可以安静地生活,休息。我已经老了……总有一天要结束的……我可不愿意一直工作到死……我还要生活……我要戒烟……我要戒酒,还要戒赌……如果是心脏的问题,则必须平静、安宁,不能激动,不能……只是……"他耸耸肩,冷笑道,"生意……不激动。在结束泰伊斯科之前,我恐怕要倒下一百次都不止了……"

他艰难地翻转身,朝天躺着。他突然觉得自己疲惫而厌倦。

他看着表。已经很晚了。将近四点钟。他想喝点水，于是在找事先准备晚上喝的柠檬水。但是他撞到了木头桌子上。

看护醒了，将门推开一条缝，把头探进来问：

"您睡了一会儿吗？"

"是的。"他机械地说。

他大口喝完水，将杯子递给看护，然而，突然，他停下来，做了个手势。

"您听见了吗？……花园……怎么回事？……去看看……"

看护探出头去。

"是乔伊丝小姐回来了，我想。"

"叫她来。"

看护叹了口气，进了走廊；乔伊丝的高跟鞋踩在大理石上，发出很响的声音。格德尔听见她在问：

"怎么了？他又不舒服了？"

她跑进房间，一进来就按下了电灯开关，房间顿时亮堂起来。

"我在想你怎么能这样躺在床上，爹地？就这么点小夜灯，真是凄凉……"

"你上哪里去了？"格德尔咕哝道，"我都有两天没见着你了……"

"哦，我也不知道……我有很多事……"

"你从哪里回来？"

"从圣-塞巴斯蒂安来。在玛丽亚-皮亚家有个很大的舞会。看看我的裙子，你喜欢吗？"

她敞开大衣，裙子是粉红色珠罗纱的，又露又透，一直袒到胸部,露出她小小的、娇嫩的乳房,脖子上是祖传珍珠项链,一头金发被风吹得乱蓬蓬的。格德尔一直看着她,没有说话。

"爹地……你真是滑稽……你究竟怎么了?为什么你不和我说话?你生气了?"

她轻盈地跳上床,跪在他脚边:"爹地,听我说……今天晚上我和加勒王子跳舞了……我听见他对玛丽亚-皮亚说:'她是我见过最可爱的女孩儿①',他还问她我叫什么……你听了高兴吗?"她开心地笑着,咕哝道,扑满粉的脸颊上露出一对孩子般的酒窝。她几乎压在病人的胸口,看护站在床后,做了个手势让她离开一点,让病人……但是连床单的重量似乎都承受不了的格德尔却就这样让女儿粘在他身上,脑袋和裸露的双臂压着他。

"你高兴的,老爸,我知道,瞧。"乔伊丝叫道。格德尔紧闭的,苍老的嘴角果然露出了一个微笑,尽管有些费力,尽管这笑容仿佛鬼脸一般……

"你瞧,你不高兴了,因为我不管你去跳舞……是不是?……但是不管怎么说,是我让你绽放了第一个笑容。啊,爹地,你知不知道?我买了新汽车……你要知道,汽车漂亮极了……像风一般……你真是我的挚爱,爹地……"

她停下来,突然打了个哈欠,用手指梳理着乱糟糟的金发。

"我得去睡了,我困死了……昨天我也六点钟才回来……我真是撑不住了,今天晚上我一直跳个不停……"

她半闭着眼睛,一边梦游般地玩着手镯一边轻声吟唱:

"马姬塔 / 马姬塔 / 欲望 / 情不自禁地 / 点燃了你的双眼 / 在

---

① 原文为英文。

你舞蹈时……晚安,爹地,睡个好觉,做个好梦……"

她冲他弯下腰,让他吻了吻她的面颊。

"去吧,"他咕哝道,"快去睡吧,乔伊……"

她消失了。他久久地听着她的脚步声,脸上显现出完全不同的神情,安宁、柔和……这个小东西……她那粉色的裙子……她所过的生活才是快乐的……他觉得自己安静了下来,现在恢复了力气……"死亡,"他在想,"我真是有些灰心丧气,事情就是这样的……这一切都是玩笑……必须工作,工作……杜宾根都七十六岁了……对于我们这样的男人来说,只有工作能让我们保全生命……"

看护关上灯,就着小酒精灯的光准备药茶。格德尔突然转向她:

"不需要发电报了……撕了它吧。"他咕哝着。

"行,先生。"

等看护走后,格德尔很快安静地进入梦乡。

格德尔痊愈的时候,已经是九月末,但是天气和盛夏一样晴朗,没有一丝风;空气中浸满了阳光,呈现出一种如同蜂蜜一般的金黄色。

这天,吃过午饭后,格德尔没有像往常一样上楼睡觉,他坐在平台上,叫人把牌给他拿来,格劳丽亚不在。过了一会儿,霍约斯出现了。

格德尔越过眼镜上方看了他一眼,什么也没说。霍约斯将一张躺椅的靠背放倒,几乎放成一张床,躺在上面,头向后仰着,双臂垂下,心满意得地用指尖滑弄着冰冷的大理石地面。

"天气真好,不那么热了,"他咕哝着,"我讨厌天热……"

"也许您知道,"格德尔问道,"那个小东西在哪里吃午饭?"

"乔伊丝?也许在马纳林家吧,我想……为什么问这个?"

"没什么。她从来不在家。"

"她这个年龄都是如此……再说,为什么您要给她买这辆新车呢?她现在简直是魔鬼附身……"

他没说下去,一只手肘撑起身体,看着花园的方向。"瞧,您的乔伊在那里!"

他走近扶栏,叫道:

"嗨,乔伊!啊,你现在就走吗?你真是疯了,你知道吗?"

"怎么回事?"格德尔咕哝着。

霍约斯大笑。

"她真是滑稽……她把她的动物园都带上了,我发誓……吉尔……你不把你的洋娃娃也带上吗？不带吗？还有你的王子，你不带上吗？我的小美人儿？瞧瞧，格德尔，她多滑稽。"

"什么，爹地在？"乔伊丝叫道，"我正到处找他。"

她跑上平台，穿着旅行时穿的外套，戴着一顶一直扣到眼睛的便帽，手上抱着她的小狗。

"你上哪里去？"格德尔突然抬起头问。

"猜猜看！"

"我怎么能知道你这愚蠢的脑子里一天到晚转什么样的念头？"格德尔愤怒地叫道，"我问你你就回答，知道了吗？"

"我去马德里。"

"什么？"

"啊！您还不知道？"霍约斯插进话来，"是的，她决定驾车去马德里，这个小东西……一个人……是吗，乔伊？一个人？"他笑着，小声说："然而她有可能在半路就掉了脑袋，就像她这样风驰电掣，但她那么任性，拿她根本没办法……啊，您不知道？"

格德尔用力地跺着地面。

"乔伊丝！你这个疯子！你又出什么幺蛾子？"

"我早就告诉过你我要去马德里，等我有了新车之后……这有什么可大惊小怪的？"

"我不允许你去，你听见我的话了吗？"格德尔慢慢地说。

"听见了，那又怎么样呢？"

格德尔突然向前走了几步，举起手。但是乔伊丝仍兀自笑着，尽管脸色有些苍白：

"爹地！你想打我耳光吗？你？我无所谓，不过你会为此付出代价的。"

格德尔没有碰到她,慢慢地放下手。

"滚吧!"他说,词似乎是一个个从牙缝里往外挤出来的,"想去哪里就滚哪里去……"

他重新坐下,拿起牌。

乔伊丝咕哝着,开始撒娇:

"好了,瞧,爹地,别生气了……你想想看,原本我也可以什么都不说就走的……不是吗?再说,你这样生气对你有什么好处呢?"

"你会葬送你这颗美丽的小脑袋的,我的乔伊。"霍约斯轻轻地抚弄着她的手说。

"这是我自己的事情。好了,爹地,我们讲和吧,好了……"她蹭在他身上,环住他的脖子说。

"爹地……"

"轮不到你来和我讲和……放开我……你和你爸爸是怎么说话的?"他推开女儿,而霍约斯在一边冷笑说:

"您不觉得现在才对这个美丽的姑娘进行教育有点迟了吗?"

格德尔一拳打在牌上。

"也请您让我安静些!"他转向女儿咆哮道,"至于你,你滚吧!你以为我是在求你留下来吗?"

"爹地!你总是很宠我的!我要什么你就给我什么,你总是随我高兴!只要我幸福!"乔伊丝叫道,眼泪突然倾盆而下,顺着她的脸颊流下来,"让我走吧,让我走!你以为这里就这么有趣吗,自从你生病之后,我都烦死了!我再也忍受不了了!轻轻地走路,不能高声说话,不能笑,到处都是苍老、愤怒、悲伤的脸!……我要,我要离开……"

"你走好了。谁拴住你了?你一个人去?"

"是的。"

格德尔降低了声音说:

"你可别以为我会相信。你要和那个小白脸去东游西逛,是不是?小婊子。你以为我瞎了吗?但是我能做什么?我什么也不能做,"他颤抖着重复说,"但是别以为你能够戏弄我。我的小东西,能戏弄老格德尔的人还没出生呢,你听见了吗?"

霍约斯用手捂住嘴,轻声笑着。

"你们真是闹够了……没用的,我可怜的格德尔……您不了解女人,真的!……只有让步……来和我拥抱一下,我美丽的乔伊丝……"

乔伊丝根本不听他说;她将头靠在格德尔的肩上。

"爹地,我亲爱的爹地……"

他推开她:

"别粘着我……你都让我喘不上气来了……快滚吧,否则你要迟到了……"

"你不和我吻别吗?"

他勉强亲了亲乔伊丝伸过来的面颊。

"我?当然……去吧……"

乔伊看着他。他开始摆牌;手指有些不听使唤,总是碰到桌子上。她说:

"爹地……你知道我没钱了吗?"

他没有回答。她又重复道:

"嗯,爹地,给我钱,好吗?"

"什么钱?"格德尔干巴巴地问道,声音很平静,乔伊丝从来没有听到他用这种语调和她说话。

她的双手已经神经质地绞在一起,但她努力掩饰着自己的不耐烦,回答道:

"什么钱?旅行的钱。你以为我在西班牙靠什么生活呢?难道靠卖身?"

格德尔的脸抽动了一下,但是他尽量克制住怒火。

"你需要很多钱,是不是?"他一边问一边用手指数着通关第一列的十三张牌。

"我不知道,瞧,你都烦死了……当然是了……很多钱……就像以往那样……一万,一万二,两万……"

"啊!……"

她将手伸向格德尔的外套,试图抽出他的皮夹。

"哦!别折磨我了……快给我吧,好了,给我吧!……"

"不。"格德尔说。

"什么?"乔伊丝叫道,"你说什么?"

"我说不。"

他将头微微向后仰去,久久地看着她,微笑着。很久他都没有对她说过不了,就这样,用以往那种生硬而清晰的语调……他又一次小声重复道:"不。"他似乎在品尝其中的乐趣,如同品尝一只水果。他慢慢将手放在下巴上,指尖沿着嘴唇划过。

"这似乎很让你吃惊,是吗?你要走就走好了。但是你听见了,我一分钱都不会给你。你自己解决吧。啊!你还不了解我,我的女儿。"

"我讨厌你!"乔伊丝叫道。

他低下头，重新开始数牌，声音不高也不低。一、二、三、四……但是，数完一列后，他显然又糊涂了，于是用越来越低、越来越抖的声音重复着：一、二、三，接着他停下来，似乎有些精疲力竭，深深地叹了口气。

"你也不了解我，同样，"乔伊丝说，"我对你说过我要走，我就会走的。我不需要你的脏钱！"

她唤过她的小狗，消失了。过了一会儿，路上响起汽车的声音，仿佛龙卷风掠过。格德尔没有动。

霍约斯轻轻耸耸肩。

"哦！我亲爱的，她会解决钱的问题的……"

看到老格德尔没有回答他，他半闭起细长而有些倦意的眼睛，微笑着小声说道：

"您对女人真是一窍不通，我亲爱的……得让她们吃耳光。也许新的态度倒是能让她留下来……这些个小动物真让人搞不懂……"

格德尔已经从口袋里抽出皮夹，他转动着皮夹。这是一只很旧的黑色皮夹，已经坏了，和他大多数私人用品一样；缎纹的里子已经破了，皮夹一角的金色也已经磨掉；皮夹里塞满了钞票，鼓鼓囊囊的，于是用橡皮筋捆着。突然间，格德尔咬紧牙光，抓住皮夹，用力地敲打着桌子。牌飞得一地。他一直在敲桌子，每敲一下，喑哑的声音便在空中回荡。然后他终于停下来，将皮夹放回自己的口袋，站起身，从霍约斯面前走过，故意用身体撞了他一下。

"这是我给自己的耳光……"他说。

每天早晨，格德尔都要到花园去，沿着搭有避风蓬的小路走上一小时。他走得很慢，在正值壮年的雪松宽阔的树荫下，他一边走一边计步；走到第五个来回的时候，他就停下来，靠着一棵树的树干，痛苦地张开夹紧的鼻孔，深深地呼吸着空气，但仍然有些费力，于是他不自禁地张开双唇，颤抖着，迎着海风。然后他重新开始散步，计数；他心不在焉地用拐杖把小石子挑到一边。他穿一件灰色的宽袖旧长外套，脖子上围一条羊毛长围巾，头戴一顶黑色的、已经有些破损的旧帽子，看上去，他几乎和乌克兰某个村庄的老犹太旧货商没有分别。有时，走着走着，他就会挑一挑肩，仿佛背上有一个沉重的包袱，里面塞满了破布或废铁。

这一天，他第二次出了房间，大约在三点钟的时候；天气非常好。他坐在大海对面的长凳上，轻轻地解开了羊毛长围巾，松开斗篷上部的扣子，小心翼翼地呼吸着海风。但是心脏这一回跳得很正常；只是空气在他胸口来来回回的时候，肺部永远都有这"咝咝"的声音，非常轻，却哀怨而尖锐。

长凳上撒满了阳光，花园静静地浸润在这黄色的光线之中，黄色的、透明的光线，仿佛精油。

老格德尔闭起眼睛，伸长腿，叹了口气，叹息中既有悲伤也有惬意的成分，他的手永远都是那么冰凉，接着他轻轻地揉了揉他的指关节。他喜欢热气。巴黎、伦敦的天气太让人难受了，也许……这一天，他在等格马的经理，头天晚上他告诉格德尔要来……这是出发的征兆……上帝知道他还要游荡到哪个角落……真是不应该走的……这里的天气那么灿烂。

砾石小路上传来脚步声。他转过身,看见了洛夫。一个小个子男人,苍白发灰的脸色,无精打采,神情羞涩,被塞满了各种文件的公文包压得直不起身来。

很长时间,洛夫仅仅是格马公司的一个普通雇员;现在他已经是格马的经理了,并且做了五年时间,但是和以前一样,只要格德尔看他一眼,便足以让他从里抖到外。他行色匆匆,佝偻着肩,神经质地笑着。格德尔又一次想起马居斯的话,马居斯经常说的一句话:"你,我的小东西,你以为你是个伟大的生意人,其实你不过是个投机商,你根本不懂择人,也总是找不到合适的人。你一生都会是孤独的,周围不是流氓就是蠢货。"

"您为什么来?"他问,打断了洛夫的话,洛夫正啰啰嗦嗦、含混不清地问他身体如何。

洛夫停下来,坐在长凳的边缘,一边叹气一边打开公文包。

"唉!……您听我解释……请仔细听我说……但是也许这会让您感到疲倦的?您是不是想过一会再听呢?……我带来的消息……"

"不太好,"格德尔愤怒地打断他,"当然,别啰嗦了,看在上帝的分上,说您想说的事情,说清楚点,如果您能够说清楚。"

"是的,先生。"洛夫匆匆答道。

巨大的公文包摊在他的膝头上,不是很稳当;洛夫用两只手拿着,抵住胸口,开始往外抽一捆捆的信和文件,一封封地放在长凳上。他恐惧地咕哝着:

"我找不到那封信了……啊!不,找到了……您看一下?"

格德尔从他手中一把夺过信。

"把它给我……"

他念了信,什么也没说,但是洛夫一直盯着他,捕捉到了他嘴角的一丝不由自主的抽动。

"您瞧!"他低声说,仿佛感觉很抱歉似的。

他将其他的文件递给他。

"突然之间所有的麻烦都来了,总是这样的……前天,纽约的证券交易可以说给了我们最后的打击。但是这也只是加速了事情的进程而已……您已经有所预料,我想?……"

格德尔猛地抬起头。

"什么?是的,"他有些心不在焉地说道,"纽约的报告在哪里?"

洛夫又开始翻那叠纸头,格德尔狂怒地一把推开。

"您就不能事先理清楚吗?我的上帝啊。"

"我才到……而我……我甚至还没来得及去饭店呢……"

"希望如此。"格德尔嘟囔着。

"您看到了,是吗?"洛夫一边坚持一边神经质地咳嗽,"您看到英国银行的信了吧?如果一周内还没有还清,银行将按规定拍卖您的股票。"

"我们走着瞧……这群混蛋……肯定是维耶在捣鬼……但是他得意不了多久,我向您发誓……我在他们银行的透支金额是四百万?"

"是的。"洛夫一边说一边点头。

"现在,大家受到挑唆,对格马都不看好。自从这个可怜的马居斯出了事之后,证券交易所里一直在传对格马相当不利的谣言……甚至有人在用最虚假最恶毒的方式歪曲您的病,格德尔先生……"

格德尔耸耸肩。

"这个嘛……"

这个并不让他感到奇怪。包括马居斯自杀所造成的影响,自然……"这一点能让他死前得到些许安慰。"他想。

"这一切都无所谓,"他说,"我会和维耶说的……我担心的是纽约……一定得去一趟纽约。杜宾根那里没有任何消息吗?"

"不,因为我要走,他来了一封电报。"

"啊,赶快给我,上帝啊!"

他念道:"本月二十八号到伦敦。"

他露出一个不易察觉的微笑。

只要老杜宾根帮忙,一切都会迎刃而解。

"立刻打电报给杜宾根,说我二十九号早晨到伦敦。"

"是的,先生。哦!对不起,但是……那些人说的是真的吗?"

"什么?"

"嗯,他们说,您是受杜宾根的委派,负责和苏维埃谈判泰伊斯科的转让合同,说杜宾根重新买了您的股票,并且让您进入合并?哦!这真是一桩大生意,好生意,如果人们知道了,我们的信用会……"

"今天星期几?"格德尔打断他问。

他飞快地计算着。

"四点钟……我们今天还来得及走……不,今天是星期六,没有必要……我必须去巴黎见维耶。明天。星期一早晨在巴黎;

我可以四点钟再走。星期二我去伦敦……然后我乘一号的船去纽约……如果能不去纽约就好了。不,不可能……但是,十五号我必须到莫斯科,最迟二十号……哦!这一切真是辛苦,这一切……"

他慢慢地将双手合拢,仿佛是在用手掌挤压核桃。

"真是辛苦……恨不得分成好几个人。好吧,我们看……"

他停了下来。洛夫递给他一张写满姓名和数字的纸。

"这是什么?"

"您能看一眼吗?……这是职员的加薪表……也许您还记得?……四月份,我们谈起过这件事,还有马居斯先生。"

格德尔皱起眉头,审查名单。

"朗贝尔,马蒂亚斯,行……维-尧姆小姐?啊,对了,马居斯的打字员……那个连一封完整无误的信都打不了的小娼妇?不!其他人,是的,可以考虑,比如说那个小个子的驼背,她叫什么?……"

"加西翁小姐。"

"是的,这个可以……尚贝尔?您的女婿?说说看,您觉得给这个傻瓜提供了职位还不够吗?……已经允许他没事的时候一个星期来两次,而且为了让他工作……一个子儿也不加,您听到了没有,一个子儿也不加!……"

"可四月份的时候……"

"四月份的时候我有钱。现在,我没有了。如果我给所有游手好闲的人加工资,你和马居斯的这些亲戚就塞满办公室了!……把你的笔给我。"

他划去了好几个人的名字。

"可勒维纳才有了第五个孩子……"

"我才不管呢!……"

"好了,好了,您总是表现得过于冷酷,而您实际上并非完全如此,格德尔先生。"

"我不喜欢拿我的钱装慷慨,洛夫,像你这样。允诺过多的东西当然显得很善良……但是,柜台里一分钱都没有的时候,还不得我来解决,不是吗?"

他突然停下来。一辆货车驶过。在寂静的空气之中,可以清晰地听见随着火车驶近,声音渐渐大起来。格德尔低下脑袋,听着火车声。

洛夫低声道:

"您能不能再考虑一下?勒维纳……每个月两千法郎的工资要养活五个孩子,实在是不太容易……必须有点同情心……"

火车走远了。长长的汽笛声响起,仿佛召唤,仿佛焦虑的询问,然后,随着火车渐渐远去,声音减弱下去,越来越轻。

"同情心,"格德尔突然高声叫道,"为什么?从来没有人同情过我,不是吗?从来没有人同情过我……"

"哦,格德尔先生……"

"是的,是的,付钱,付钱,永远都在付钱……我就是为这个活在世上的……"

他费力地呼吸着,用一种别样的、更为低沉的声音结束了谈话:

"划掉名字的这些人都不能加薪……明白了吗?去订票。我们明天走。"

"我明天走。"格德尔突然从桌前站起身说。

格劳丽亚轻轻地哆嗦了一下,小声问道:

"啊!……要走很久吗?"

"是的……"

"你……你确定这是谨慎的举动吗?大卫?……你的病还没有全好。"

他大笑道:

"那又怎么样?我难道有权利生病吗?像其他人一样?我?"

"哦,又来了,一副受害者的腔调。"格劳丽亚很愤怒,咬牙切齿道。

他猛然推开门走了出去。壁炉上的水晶烛台在穿堂风中摇曳着,在寂静之中发出急促而清脆的响声。

"他在发神经。"霍约斯轻声说。

"是的,您今晚出门吗?需不需要汽车?"格劳丽亚问。

"不,谢谢,亲爱的。"

格劳丽亚转向仆人道:

"我今晚不需要司机。"

"好的,夫人。"

仆人将银盘放在桌上,银盘里是利口酒和雪茄,退了出去。

格劳丽亚也神经兮兮地做了个手势,将围着灯轻叫的蚊子赶走。

"哦!真烦人……您要咖啡吗?"

"乔伊怎么样了？你有她的消息吗？"

"没有。"

她沉默了一会儿，接着颇为愤怒地继续道：

"这一切都是大卫的错！……他简直是个疯子，是个蠢货，那么宠这个小东西！……他也不是爱她！……她只是满足了这个暴发户粗俗的虚荣心而已！……可实际上他有什么可值得骄傲的！她简直就像个娼妇！你知道那天在赌场，就是他病倒的那天，他给了她多少钱？五万法郎，我亲爱的。真是不错，是吗？有人向我描绘了当时的场景。在赌场里，这个小东西当时还半梦半醒，手上捧着成堆的钞票，就像一个才从糟老头子那里骗来钱的女人！……可是换作我就永远是那样的腔调，永远在重复同样的东西：生意不好！他已经为我工作得够辛苦了，等等等！啊！我真是个不幸的女人！而乔伊丝呢！……"

"哦！她很可爱……"

"我知道。"格劳丽亚打断他说。

霍约斯没有说话，他站起身，走向窗户，呼吸着海风。

"天气真好……您不想去花园吗？"

"行，如果您想去。"

他们一起走了出去。这是一个美丽的夜晚，月光皎洁；平台上巨大的白炽反射灯为花园小路上的砾石、树干撒上了一层薄雾，仿佛剧院那种冷冷的光一般。

"感觉一下，这天气是多么美好啊，"霍约斯重复道，"这是来自西班牙的风，有一种肉桂的味道，你没闻到吗？"

"没有。"她干巴巴地说。

她靠着一张凳子。

"我们坐下来吧,在黑暗中走路让我觉得很疲惫。"

他在她身旁坐下,点燃了一支香烟;打火机的光突然照亮了他那张微微有些倾斜的脸,凸起的、细而卷的睫毛仿佛枯死的花朵,他的嘴唇形状非常好,依然显得很年轻,充满生命力。

"啊!今晚怎么了?家里没有其他人吗?"

"你在等谁?"她心不在焉地问。

"不,不是在等谁……只是我有点吃惊……这座房子总是满满的人,就像逢到集市那天的小饭店……我倒不是抱怨……我们老了,亲爱的,需要周围都是人,都是热闹的声音。以前不是这样的,但是一切都过得……"

"以前,"她重复道,"你知道多少年过去了吗?真是可怕……"

"将近二十年了!"

"一九〇一年。一九〇一年尼斯的狂欢节,我的朋友,已经二十五年过去了。"

"是的,"他低声道,"一个小小的奇怪的女人,走在大街上,戴着窄边草帽,穿一条很简单的裙子,神情迷茫。但很快就变了。"

"那个时候你爱我……而现在,你只关心钱,我能感觉到,走吧……只是别拿走我的钱!……"

他温和地耸耸肩:

"嘘,嘘……别发火,这样会老的……我觉得今天晚上自己变得很容易动感情。您还记得吗,格劳丽亚,那个蓝色和银色相间的狂欢舞会?"

"是的。"

他们都没有再说话,仿佛同时看到了尼斯的街道,狂欢节的那天晚上,到处都是戴着面具的人在歌唱,棕榈树、月亮、马塞纳广场上人群的尖叫……他们的青春……美丽的、充满欲望的、简单的夜晚,如同那不勒斯的浪漫曲……

他突然摇动雪茄道:

"哦,亲爱的,往事不堪回首;这一切让我感觉到了死神的阴风!……"

"真的,"她也不自禁地轻轻抖了一下,"每当回忆起那时的情景……我那时想到欧洲来……我现在都搞不清楚了,大卫是怎么筹到我的旅费的。我坐了三等舱过来。而我就在统舱里看着那些珠光宝气的女人跳舞……为什么一切都来得那么迟?而这里……在法国……我那时寄住在别人家,他家很小……到了月底,美国没有钱寄来的时候,我只能在自己房间里吃个橘子当晚饭……这些你从来都不知道,是吧?我喜欢炫耀……是的,只有上帝知道,每天的日子不总是那么美好……但是为了这些日子,这些夜晚,我付出的又是什么……"

"现在轮到乔伊丝了……这很奇怪,想起来我总是很气,但又有些安慰……你不是这样的,是吗?"

"不。"

"我很清楚,好了。"他低声咕哝道。从他的声音中,格劳丽亚能猜出他在微笑。

她突然说:

"有件事情让我感到很烦……你经常问我,关于……他的病,盖达利亚是怎么说的。"

"是的,我能理解。"

"好吧,告诉你,是心绞痛。他随时都可能死。"

"他知道吗?"

"不。我……我安排好了,没让盖达利亚吐露一个字。他想让他放弃生意……那我们怎么生活?他可没为我存过一分钱,没有,一分钱也没有。而那天晚上,我从他的脸上看见了死亡。真的,我现在也不知道是不是应该……"

霍约斯轻轻扳动着指关节,发出轻微的响声,这是他恼火的表现。

"您为什么要这样做呢?"

"嗯,"她有些不高兴地说,"我当时认为这样做是对的。和往常一样,我想到的是您。如果大卫不再挣钱,您会怎么样呢?因为您很清楚,我想,我的钱都到哪里去了吧?……"

"哦!"他笑着说,"假如有一天我对于女人而言毫无价值了,那我还不如死了好。一个老情人,让我迷醉的是这份荒淫的优雅。"

她不耐烦地耸耸肩。

"哦!够了!您不知道我有多么心烦意乱!我又能怎么办呢?如果我和他说了真相,他真的撒手不管一切了呢?……不要说不可能。您不了解他。这会儿他只想着自己的身体,他成天都觉得自己要死了。但是您从来没有见过他早晨在花园里的样子吗?穿着他的旧外套,坐在阳光下?啊!我的上帝啊,如果他要这样拖上很多年!我情愿他马上就死!如果只是……啊!没有人会为他的死感到难过的,我向你发誓……"

霍约斯低下头,采了一朵花,轻轻地在指间揉碎,接着呼吸着手间残留的芬芳。

"多香啊,"他低声道,"多么甜美的味道……胡椒那种细腻的味道……也许就是花坛边的那些可爱的小小的石竹……您这样对待您的丈夫是不公平的,我亲爱的。他是个正直的人。"

"正直的人,"她冷笑道,"您知道有多少人因他而破产,多少人自杀,多少人陷入不幸吗?就是因为他,马居斯,他的合伙人,他交往了二十六年的朋友才自杀!你难道不知道吗?"

"不知道。"他漠然地说。

"我到底应该怎么办?"她重复道。

"哦!你只有一件事好做,我可怜的朋友……心平气和地让他有所准备,尽量心平气和地让他明白……因为,我想,他不会放弃他手里的生意的……费希尔和我笼统地提到过……如果我没有弄错的话,您丈夫现在的状况可不太好。为了摆脱困境,他寄希望于和苏维埃的谈判……应该是石油,我想……无论如何,有一件事情是肯定的,如果他现在突然死了,就他目前的财产状况而言,您一定会卷入非常混乱的继承之中,您继承的是债务,而不是钱……"

"这是真的,"她嘟哝道,"他的生意一团糟,甚至他自己也搞不清楚,我想……"

"没有人知道吗?"

"噢,没有,"她耸耸肩,愤怒地说,"他怀疑这世上的所有人,我想,尤其是我!……他的生意!他对我都是瞒着的,就像对我瞒着他的情妇一样!……"

"那么,瞧,如果他知道了,如果他知道自己的生命随时都有危险,他肯定会采取某些措施……而且这会让他在某种程度上孤注一掷的……"

他轻轻地笑道:

"他最后一次生意,他最后一次机会……想想吧。是的,我们应该理解他……"

他们俩本能地转过身,望着房子。一楼格德尔房间的窗户上亮起了灯光。

"他还没睡……"

"啊!"她低沉地说,"我不能看见他,我……他从来不曾理解过我,从来没有爱过我……钱,钱,一生都是如此……他就是一台机器……没有心,没有感觉,什么也没有……而有好几年,我就和他这样的人睡在一起……他一直都是如此,从来没有变过,生硬,冰冷……钱,生意……从来没有一丝微笑、安抚……总是大吼大叫大闹……啊!我从来不曾幸福过……"

她没再往下说。由于她转身的角度,小路上的大灯泡正好照在她的钻石耳环上,钻石发出耀眼的光芒。

霍约斯笑了:

"多么美好的夜晚,"他带着梦幻的表情说,"花儿是那么芬芳,真是甜美……您的香水太浓了,格劳丽亚,我早就和你说过……简直无法忍受,把这些秋天的小玫瑰都要熏死了……多么静谧啊……美妙极了……您听听这大海的声音……夜晚是多么平静……听听路上的女人,她们在唱歌……这一切都是那么美妙,不是吗?……这纯净、美妙的声音,这夜晚……我喜欢这地方。如果要把这房子卖了,我会感到很难过的。"

"你发疯了吗,"她低声说,"你在说什么?"

"我的上帝啊,这是很可能的……这房子不在你名下,不是吗?……"

她没有回答。他接着说道：

"你试过很多次了，你还记得吗？他总是说，哦！他的老调重弹……'我还在呢……'是不是？"

"今天晚上必须对他说……"

"的确，这样更好……"

"我马上就去……"

"这样更好。"他重复道。

她慢慢站起身。

"啊！这事情让我烦透了……你留在这里吗？"

"是的，天气如此宜人……"

格劳丽亚走进格德尔的房间时,他正在工作;他坐在床上,蜷成一团,满床都是的垫子似乎支撑着他的身体,他解开了衬衫,一直到胸口,宽大的袖口也敞着,搭在他赤裸的胳膊上。他把台灯放在床上,放在托盘里,托盘里还有一杯喝了一半的茶,一只盛满橘子皮的盘子。台灯的光线直直地照着他微微歪在一边的脑袋,让他的白发显得尤为刺眼。

格劳丽亚打开门的一刹那,他突然转过头,盯着她看了一会儿,接着他的脑袋更加低垂,嘟哝道:

"怎么了?还有什么事?"

"我有事要和你说。"她干巴巴地回答道。

他拿掉眼镜,用手绢的一角久久地擦拭着生疼的双眼。她在床上坐下来,在他的身边,挺着胸,转动着珍珠。

"大卫,听好了……我必须和你谈谈……你明天就走了……你还在生病,非常疲惫……你有没有想过,如果你发生了什么事情,我在这世上孑然一身……"

他漠然地,毫无表情地听她说,一动不动,也没说话。

"大卫……"

"你要我做什么?"他终于开口道,用她熟悉的那种生硬的、惊惶的、顽固的神情看着她,"别烦我了,我还有工作……"

"我要说的事情对我来说也很重要,和你的工作一样重要。你不能就这么轻易地将我抛下不管,我警告你……"

她冷冰冰地用力咬住嘴唇。

"你为什么走得那么突然?"

"为了生意。"

"噢!我很怀疑你是不是去会你的某一位情人!"她愤怒地耸耸肩,叫道,"哦!大卫,当心点,你别惹我!你到底去哪里?生意很糟糕,不是吗?"

"当然不是。"他死气沉沉地咕哝道。

"大卫!"

她丧失了理智,神经质地大叫。然后,她尽量让自己平静下来:

"我是你的妻子,似乎……我有权关注你的生意,因为它不仅和你有关,和我也同样有关!……"

"迄今为止,"格德尔慢慢地说,"每次你总是说,'我要钱,你想办法解决',而我都解决了。以后会依然如此,一直到我死。"

"是的,是的,"她愤怒地打断了他,声音里有一种隐隐的威胁,"我就知道……总是这一套。你的工作,你的工作!……而我,我有什么呢,我到底能有什么,如果你消失了!你以为你解决得很好,是吗?等到你死的那天,你的债权人扑向我的时候,我什么也不会有,一分钱也没有!"

"我死的时候,我死的时候!我还没死呢!不是吗?不是吗?"他突然颤抖着,叫道,"你给我听好了,闭嘴!……"

她冷笑道:

"是的,是的,就像一只把头埋进翅膀里的鸵鸟!你什么也不愿意面对,不愿意明白!……那好吧,活该!……你患的是心绞痛,我亲爱的!……你可能明天就会死去。为什么你这么看着我?……你真是我所见到的最可怜的胆小鬼!……你还是男人呢!……你也配叫男人!……看着我!你还真的能昏倒,我敢发誓!……好了,别做出这副样子,"她耸耸肩说,"你还能活二十年,医生说过。只是,你到底要什么?必须正视这些事情!……首先,人都是要死的……想想尼古拉·莱维,波尔杰斯,还有那些曾经大富大贵的人,可他们死的时候,都给他们的寡妇留下了什么?银行的债务。至于我,我不希望这事落到我的头上,你听见了吗?你自己想办法。作为开始,你把这房子转到我的名下。如果说你曾经是个好丈夫,已经有很长时间你没有给我应当得到的那份财产了!我什么也没有。"

她突然停下来,叫了一声,因为格德尔一拳打翻了托盘,托盘和灯都滚在地上。玻璃破碎的声音在已经沉睡的房子中响了起来,划破寂静,东西滚得一地。

格劳丽亚大叫大喊:

"粗鲁的东西!粗鲁的东西!……你就是条狗!……一点也没变!……瞧!……你还是过去那样……那个小犹太人,在纽约卖破布废铁的小犹太人,肩上扛着大包。你还记得吗?你还记得吗?"

"那你呢,你还记得吉什涅夫吗?你父亲的小店,犹太街的高利贷商人?……你那个时候可不叫格劳丽亚?可不是吗?……哈夫杰雅!……哈夫杰雅!……"

他抬起拳头,用意第绪语叫着她的名字,仿佛一声声咒骂。她抓住了他的肩,将他的脑袋靠在自己的胸口,想要堵住他的叫声。

"住嘴,住嘴,住嘴!……你这个粗鲁的东西……粗人！……仆人都在，他们会听见的！……我永远也不会原谅你……你给我住嘴，我要杀了你，住嘴！……"

但是突然，她松开他，呻吟着：他竟然野蛮地开口咬她，他咬住她的珍珠和她的脖子。格德尔红了眼睛，仿佛一只狂怒的狗，叫道：

"你敢！……你敢说！……你敢说你什么也没有……这是什么？是什么？还有这？"

他疯狂地摇动着沉重的珍珠项链，项链在他的指间扭作一团。她用指甲拼命地挖他的手，但是他握得很牢。他吼着，几乎喘不上气来：

"这个，我的小姑娘，这个值一百万！……还有你的那些祖母绿呢？你的那些项链？手镯？戒指？……你所拥有的一切，把你从头裹到脚的一切！……你还说，你还敢说我没给你应得的财产！……瞧瞧我，看看你这一身的珠宝，不都是钱吗？不都是你从我这里榨取来的钱？抢来的钱？……你，哈夫杰雅！……可我捡到你的时候，你只是一个可怜的穷姑娘，你别忘了，别忘了！……你在雪里跑来跑去，脚上穿的是破鞋子，羊毛袜都露出来了的脚，通红的长满冻疮的手！啊！我美丽的姑娘，我还记得很清楚呢，这一切……我记得我们离开时的船，挤满了移民的桥……而现在，格劳丽亚·格德尔！你这些裙子、首饰、房子、汽车，都是我付的钱，是我，是我用我的健康、我的生命支付的！……这是你从我这里所得到的一切，从我这里抢去的一切！……买这座房子的时候，你以为我不知道吗？你拿了将近二十万法郎的佣金，霍约斯和你！付钱，付钱，付钱……从早到晚……付钱，付钱，付钱……整个一生我都在付钱……你以为我真是瞎了吗？什么也看不到，以为我什么也不知道？你靠我养活，富得流油，以为我不知道你用乔伊丝的名义捞钱？……好好整理一下你的钻石和证券！……这些年来你一直比我富有，你听见了吗？听见了吗？……"他的叫喊声撕扯着他的心；他将双手放在喉咙口，剧烈地咳起来，非常可怕的咳嗽声，使得他整个身体都在晃动，仿佛在风暴中一般。有一阵，格劳丽亚以为他就要死了。但是他还活着，还有气力向她扔来最后的话，他一边上气不接下气地喘着，仿佛受尽了折磨，一边从四分五裂的胸口往外吐着：

"房子……你不会得到的！你听好了！你永远也得不到……"接着，他向后倒去，一动不动，一声不吭，闭着眼睛。他忘记了她的存在。只是听着自己的呼吸声，这犹如呻吟的咳嗽声，平息不了似的，波涛一般在他的喉咙口翻滚，还有他的心脏，那颗病中的衰老的心脏，贴他的胸口，一下一下地跳着，低低的，沉沉的……

这一切持续了很长时间。接着，渐渐的，危机过去了。咳嗽声变轻了，也不再那么剧烈。他转向格劳丽亚，勉强用很低的、窒息一般的、精疲力竭的声音说：

"你就满足于你现在得到的东西吧，行了……因为我向你发誓，你从我这里什么也得不到了，什么也不会得到……"

她还是打断了他。

"别说了。听你说话真让我感到难受。"

"你走吧。"他推开她伸向他的手；他无法忍受碰到她的手指，碰到她冰凉的戒指。

"你走吧。我要你弄明白。只要我活着，一切都会好的……

你是我的妻子，我尽我所能给你一切……但是我死了，你什么也不会有的。你听见了吗？什么也不会有，我美丽的姑娘，至于你聚的钱……这已经太多了……我已经安排好一切，乔伊丝将拥有我的一切。而你呢？一分钱也别想有。一分钱没有。没有，没有，没有。你听见了吗？听见了吗？"格劳丽亚的妆化了，面色越来越惨淡。

"你说什么？"她沉着声音问道，"你疯了吗？大卫？"

他擦拭着脸上的汗水，阴毒地望着格劳丽亚说：

"我希望乔伊丝能够自由、富有，至于你……"

他突然咬紧了下颌：

"你不行，听见了吗？你不行……"

"为什么？"她带着某种天真，机械地问道。

"为什么？"格德尔慢慢地重复说，"啊！瞧……你真的想要我说为什么吗？……好吧，因为我觉得自己为你做得已经够多了……我把你养得够肥了，你，还有你的那些情人……"

"什么？"

他突然大笑道：

"啊！我说这话你很吃惊吗？……但你现在应该很清楚了，我敢说，是不是？……是的……你的情人……所有的，小波尔杰斯，莱维·威士曼……还有其他人……还有霍约斯……尤其是霍约斯……啊！那个家伙！……已经有二十年了，我看着他花我的钱买戒指，买衣服，甚至玩女人……行了，这一切都够了，你明白了吗？"

由于她没吭声，他重复道：

"你明白了吗？啊！如果你能看到自己现在的表情就好

了！……你甚至连骗骗我都不愿意！……"

"为什么？"格劳丽亚说，声音似乎是从紧闭的牙缝里挤出来的，"为什么？……我没有欺骗过你……因为所谓的欺骗，前提是这个丈夫，或者说这个男人还和你睡觉……还给你带来快乐……而你呢！……这些年来你一直是个衰老的病人……疲软的家伙……你大概忘了吧，你……你没有数过吧，有多少年了……快十八年了吧，你都没碰过我……而这之前呢？"

她大笑道：

"而这之前呢？大卫，你忘了……"

突然之间，老格德尔的脸红了，血涌上他的脑袋，他的眼睛里满是泪水。这笑声……他已经有很多年没有听到了……那些夜晚，他徒劳地将她压在身下，她发出的这笑声……他像以往那样咕哝道：

"这是你的错……你从来没有爱过我……"

"爱！你？大卫·格德尔？但有人爱你吗？爱你？你不是要把钱给你的乔伊丝吗？难道你会天真地以为她爱你？但是她也一样，她爱的是你的钱，好了，老蠢货！……她不是走了吗？不是吗？你的乔伊丝？……她留下你一个人，你老了，病着，一个人！……你的乔伊丝！……但是你生病的时候，你还记得吗？病得都快死了，她那晚还在跳舞！……而我，我至少还留下来了，出于廉耻……她呢？你下葬的那天她也会在跳舞，蠢货！啊，是的，她爱你，她！……"

"我无所谓！……"

他想要叫，但是他那走了调的声音宛若嘶哑的喘息，被堵在他的喉咙口：

"我无所谓,别和我说这个,我知道,我知道。为别人挣钱,然后精疲力竭,我就是为此活在这个肮脏的世界上的……乔伊和你一样是个娼妇,我很清楚,但是她伤害不了我……她是我的一部分,是我的女儿,是我在这世上惟一的东西……"

"你的女儿!……"

格劳丽亚一屁股坐在床上,向后倒去,发出一阵尖锐的、疯狂的笑声,笑得浑身发颤。

"你的女儿!你能肯定吗?你不知道吗?你,你不是什么都知道吗?……好吧,她不是你女儿,你听见了吗?你女儿,她根本不是你的……她是霍约斯的女儿……蠢货!但是你难道没有看出来吗?她那么像他,那么喜欢他……因为她早就猜到了,我敢打赌……你还不知道呢,每次你拥抱你的乔伊丝,你的女儿,我们在一起笑成什么样子!……"

突然,她停了下来。他没有动,什么也没有说。她凑近他。他用手遮住脸。

她机械地小声说道:

"大卫……这不是真的……听着……"

他没有听她说。他羞愧地用手按住脸,什么也没说。他不知道她是怎样站起身,怎样在门口停下,他没有看见她注视他的目光。

最后,她走了。

过了一会儿,他起身下床,拖着沉重的脚步一直走到卧室旁的浴室。他想喝水。他找了一会儿为夜里准备的开水,但是没有找到。他打开浴缸的水龙头,湿了湿双手和双唇。他慢慢站起身;双膝发颤,像一匹已经濒临死亡的老马,然而在鞭子的抽打下竭尽全力想要站起来。

夜晚,风更猛了,透过打开的窗户在呼啸。他机械地走近,望着外面,但他什么也没有看见,只是如同瞎子一般抻着脑袋。接着他觉得有点冷,便回到了卧室。

他踩在碎玻璃上,发出一声嘶哑的咒骂,漠然地看了看自己什么也没穿的正在流血的脚,重新躺下。他一直在发抖。他将被子紧紧裹在身上、脸上,将额头抵住枕头。他已经精疲力竭。"我要睡觉……忘记这一切……明天,我想……明天……"什么?明天?他能够做什么?他什么也做不了。什么也做不了。霍约斯……这个肮脏的小白脸……还有乔伊丝……"她真的很像他!"他突然绝望地叫道。但是很快他就不再吭声,只是握紧了拳头。格劳丽亚说过:"她那么喜欢他……你没看见吗?……她早就猜到了……"她知道,她一定觉得他很可笑,她过来和他亲热只是为了他的钱。这个小娼妇,这个小……他沉重地咕哝道,嘴唇发干:"她不该这么对我……"

他是多么喜欢她啊,多么以她为骄傲,而他们呢,他们真是笑话够了他,所有人……一个自己的孩子,可怜的蠢货,他还真的以为自己在这世上拥有了点什么……他的命运……一生的辛勤劳动换取的就是这样的结果，孑然一身，一无所有，空着双手……一个孩子！但是在四十岁的时候，他已经如同一个死人一般衰老，毫无生气！这都是格劳丽亚的错，她一直都讨厌他，蔑视他，不让他靠近……她的笑声……因为他丑，笨重，不灵巧……开始的时候，他们很穷，她害怕自己有孩子，觉得那是很可怕的事情……"大卫，小心点，大卫，注意，如果你让我有了孩子，我就去死……"真是美好的爱情之夜！接着……他现在都记起来了，记起来了……那是十九年前。他数着年头。一九〇七年。十九年。她在欧洲，他在美国。就在这之前的几个月，他平生第一次挣了钱，在一桩建筑生意里挣了很多钱……可很快他又什么都没有了。格劳丽亚一个人在意大利的某个地方游荡。时不时地给他发一些简短的电报：缺钱。他总是会想办法给她筹到钱。怎么办呢？啊！一个犹太丈夫必须安排好……

当时有个美国的财团正好组建起来，承包美国西部的一条铁路线，一个可怕的地方，平原，沼泽……十八个月后，所有的钱都用完了，投资人一个个全跑了……他于是接手这件事情。他筹措到了资金，到了那里，留下来……每次他将自己有力、沉重的双手插入某桩生意的时候，他不会那么轻易地放开的，不……

他就像工人一样，住在朽木搭建的工棚里。那时正好是雨季。雨水沿着墙壁流淌下来，从顶棚不闭合的接缝处流下来，夜晚，沼泽里飞来的大蚊子嗡嗡作响。每天都有人死于高烧。晚上就这样把死人埋了，继续干活。一整天，棺材都放在那里，上面兜着潮湿的防雨布，闪闪发光，在风雨中噼啪作响。

就是那时候的某一天，格劳丽亚突然来了，穿着毛皮大衣，指甲涂得锃亮，尖细的高跟鞋嵌在泥沙中……

他还记得她到的时候的样子，她怎么进了他的门，怎么将一扇小小的破玻璃窗打开。外面青蛙在叫。这是秋天的一个夜晚，天空是暗红色的，在沼泽的映衬下几乎显出一种棕色……很美的场景……可怜的村庄……发霉的木头气味，泥浆，雨水……他不停地重复着："你真是疯了……为什么要来？你会染上高热病的……我当然希望有个女人……"她说："我烦透了，我想见到你，我们是丈夫和妻子，可我们却像两个陌生人，生活在世界的两极。"然后他说："那你睡在哪里呢？"房间里只有一张又窄又硬的床。他还记得她是怎样低声说："和你一起，大卫……"上帝知道，那晚他根本不想要她。他疲惫不堪，几乎被疲劳压垮了，监工，高热……他心怀恐惧地呼吸着几乎已经忘记的她的芬芳，重复道："你疯了，你疯了……"而她紧紧地贴着他灼热的身体，咬牙切齿地说："你难道没有任何感觉吗？你不是男人吗？你不觉得羞愧吗？……"他那时就一点感觉也没有吗？他自己也记不清了……有时，人们闭上眼睛，转过头，不想看清楚……有什么用呢？尤其在自己无能为力的时候……之后也就忘记了……那天晚上她终于放开了他，懒洋洋的，一副心满意足的样子。她睡着了，陷在床上，双臂交抱，呼吸非常沉重，仿佛是在噩梦之中……他起了床，像以往一样工作，他每天夜里都在工作。一盏煤油灯，外面在下雨，窗外，青蛙叫成一片。

几天之后她就走了。那一年有了乔伊丝……当然……

乔伊……乔伊……他愚蠢地重复着她的名字，哽咽着，仿佛动物的叫喊……乔伊，他爱过她……他的小……小女儿……他把一切都给了她。她可不会把他放在眼里，她蹭在他身上，就像一个妓女，抚弄、拥抱一个爱着她的老人……她很清楚他不是她的父亲……钱，就只是因为钱。她会不会离开他呢？就像她曾经做的那样？每次他拥抱她，她都要转过头去……"哦！爹地，你要把我的粉弄坏的……"她为他感到羞愧。他笨重、笨手笨脚，举止粗鲁……他很难过，从心底里感觉到一种残忍的侮辱。两行热泪从他肿胀的双眼中慢慢地流淌下来，沿着面颊滑下，他伸出颤抖的手拭去泪水。为了这个哭泣，为了这个小娼妇哭泣，他，大卫·格德尔！……"她走了，她留下你一个人，病着，孑然一身……"但是，至少这次她没从他这里拿到钱。他带着某种尖锐的、残忍的快感想起这些，她走的时候一文不名。霍约斯……他总是说："得给她耳光，我亲爱的……"给她耳光又有什么用？最好的报复就是这个，一分钱也不给。他们都忘了，钱是他的，明天，只要他愿意，他们都将饿死，所有人……他说"所有人"，但实际上只是想到了乔伊丝。她什么也不会有了，一分钱也没有，没有……他冷冷地咬住自己的指甲，紧紧地咬住……啊！他们都忘记他是谁了……是的，一个可怜的病人，濒临死亡，饱受欺骗，可笑极了，但他同时还是大卫·格德尔！在伦敦，巴黎，纽约，说起"大卫·格德尔"，大家都知道这个名字，都知道这是一个生硬的老犹太人，一生之中都只会让人讨厌和害怕，只要谁伤害了他，他一定会把他踩扁。"狗，一群狗，"他小声咕哝道，"啊，死之前我会让你们好看的……既然她说过，人肯定是要死的……"他颤抖的双手和床单绞到了一起；他带着某种绝望的怜悯望着自己沉重的、因为高烧而颤抖的手指。"他们都对我做了些什么啊?"他闭上眼睛,仇恨地将牙齿咬得吱嘎作响,"格劳丽亚。"她那一串串冰冷的、滚来滚去的珠链就像一团绞在一起的蛇……还有另一个……另一个小婊子……"没有我她们会是什么样?她们什么都不是,只是一团烂泥。而我,我工作,我杀人,"他突然高声说,声音很奇怪;他停了下来,慢慢将手合在一起,"是的,我杀了西蒙·马居斯,我知道……你也知道,好了,"他幽幽地对自己说,"而现在……他们还想我继续下去,像一条狗一样的工作,直到精疲力竭,他们真这样想的,我敢发誓!……"他爆发出一阵干巴巴的奇怪的笑声,仿佛半途被闷住的咳嗽声。"那个疯老太婆……另一个,那个……"他用意第绪语骂了一句,一句低声的咒语,"不,我美丽的姑娘,都结束了,结束了……滚吧……"天亮了。他听见门后有响动,机械地叫道:

"什么事?"

"电报,先生。"

"进来吧。"

仆人做了个手势问:

"先生病了吗?"

他没有回答,拿起电报读道:

"缺钱,乔伊丝。"

"如果先生要回电,"仆人好奇地看着他说,"电报员还在……"

"什么?"他慢慢地说,"不……没有回电……"

他重新躺下,一动不动地闭着眼睛。几个小时后洛夫来找他,他还是这样。他没有动过。勉强地、痛苦地喘着气,脑袋向后仰，双唇歙开，颤抖着，因为高烧和缺水而失去了血色。

他拒绝起床，不回答问题，不说话，也不要求，似乎已经处于半死状态，挣脱了这尘世。洛夫将有关贷款、限期还款的信件和其他急件塞在他手里，但是他似乎已经麻木的手指总是那样垂下来，他没有签字。洛夫被吓坏了，当天晚上就走了。三天之后，在伦敦的股市，大卫·格德尔在不同领域的产业一并宣告破产，激流过去也就过去了，他的破产没有引起多大的反应。

这天夜里,乔伊丝和阿莱克斯在阿斯干附近睡的觉。他们离开马德里已经十天了,一直沿着阿尔卑斯山闲逛,天天粘在一块儿,谁也离不开谁。

通常都是乔伊丝开车,而阿莱克斯和吉尔则在阳光下睡意沉沉。晚上,他们停下来,在挤满情人、手风琴艺人和爬满紫藤的小旅馆花园里吃晚饭;树枝间点着油纸灯笼,有时会突然间烧起来——那种充满了生命力的火苗,舔着树叶,然后变成黑色的灰烬落在地上。两个孩子将手肘撑在摇摇晃晃的桌子上,喝着冰镇过的葡萄酒,彼此轻抚,一个在脑后用深色的手绢挽起发髻的姑娘在一旁为他们服务,然后,这两个孩子在夜里上楼,来到空荡荡的、清凉的房间里,做爱,睡觉,第二天一早再离开。

这天晚上,他们一直在阿斯干附近的山路上。落日为小村庄的房子染上一层粉色,那种糖衣杏仁的柔和的粉色。

"明天,"阿莱克斯说,"要回去了……鲁夫纳夫人……"

"哦!"乔伊愤怒地咕哝道,"她真可怕,又丑又恶……"

"但我们得享受好的生活。等我们结婚之后,我就只和漂亮姑娘睡觉了,乔伊,"他笑着说。他将手放在乔伊细腻的颈背上,揽住她:"乔伊……我想要你,你知道的。只想要你……"

"嗯,我知道的,"乔伊轻声说,颇有胜利感地撅起鲜艳的嘴唇,"我知道,别……"

天色越来越暗了。在比利牛斯山的深处,晚上那种小小的、安静的云彩开始往山谷尽头移动,夜里它们将栖息在那里。乔伊丝将车停在一家旅店的门口。老板娘开了门。

"一间大床房,先生,夫人?"一看到里面的人,她就笑着说。

房间很大,金色的木头地板,床也很大,又高又沉的样子;乔伊丝跑着跳上去,将整个身子埋在花布的压脚被上。

"阿莱克斯,过来……"

他冲她弯下身。

过了一会儿她呻吟道:

"蚊子……瞧……"

蚊子围着天花板上的灯在转圈。阿莱克斯赶紧将灯熄了。仿佛就在他们拥抱的那一瞬间,夜晚突然悄悄地来临了。突然间已经能听见窗下种着向日葵的小花园里的泉水叮咚。

"我把冰镇的白葡萄酒拿来?"阿莱克斯说,双眼闪闪发光,"我又饿又渴……"

"我们吃什么?"

"我要了螯虾和酒,"阿莱克斯说,"剩下的就看菜单吧。你知不知道,我们就剩五百法郎了?我们在十天的时间里花了五万法郎。如果你爸爸不给你寄钱……"

"我一想到他,"乔伊丝愤怒地说,"这个男人,他竟然就这么让我走了,一分钱也没给我!……我永远也不会原谅他的!……要不是老费希尔……"

"那个老费希尔,为了这五万块,他到底对你提了什么要求?"阿莱克斯的语调有些暧昧。

她高声叫了起来:

"什么也没有!哦!我向你发誓!……没有,哪怕想到他用那双脏手碰我,我都会吐!只有你,小混蛋,只有你才会为了钱和那些老太婆睡觉,比如说那个鲁夫纳夫人!……"

她将他的双唇含在齿间,就像含着一只水果,然后她突然用力咬了他。

阿莱克斯叫了一声。

"啊!流血了,你这个坏东西,讨厌……"

她在黑暗里大笑。

"走吧,来,我们下楼……"

他们来到花园,吉尔跟在他们身后。花园里只有他们一堆人,旅店似乎空荡荡的。尚未完全暗淡下来的天际,一轮巨大的黄色月亮高悬在树的上方。乔伊揭开热气腾腾的汤碗的盖子,嗅着香气,欢快地呢喃着:

"哦!真香啊……把你的盘子递给我……"

她站着为他盛汤,样子有点奇怪,化着妆,双臂光溜溜的,突然间把她的珍珠项链往身后一甩,他望着她笑了。

"怎么了?"

"哦,没什么……就是有点滑稽……你不太像个……女人……"

"应该说是姑娘……"她做了个鬼脸,打断他。

"我无法想象你小的时候是什么样子……你是不是从来都是这样,涂着眼影,戴着戒指又唱又跳的?是吗?你会切面包吗?我想要点面包。"

"不会,你呢?"

"我也不会。"

他们喊过女招待,女招待将金色的圆形大面包按在胸口,切成一片一片。乔伊仰着头,无精打采地看她切面包,懒洋洋地伸了伸光溜溜的双臂。"我小的时候很漂亮……他们总是喜欢抚弄我,我都难受死了……"

"他们是谁?"

"男人。尤其是老头,当然……"

女招待拿来了空盘子,然后端来了一个瓦钵,里面是螯虾,微辣的、散发着香气的、热腾腾的汤汁。他们胃口好极了,大口吞咽着。乔伊丝还往上撒了胡椒粉,辣得她直吐舌头。阿莱克斯轻轻地在杯中斟满了冰凉的葡萄酒。

"今晚我们还像往常那样在卧室里喝香槟,"已经半醉的乔伊一边嚼着巨大的螯虾,一边低声说,"他们有什么香槟?我想要很干的克里格。"

她用双手捧起酒杯:

"看……葡萄酒和今晚的月亮是同样的颜色,都是金的……看……"

他们一起喝了酒,湿漉漉的、带着胡椒味的双唇绞在一起,然而他们还那么年轻,什么样的味道也遮掩不了那水果一般的芬芳。

就着橄榄辣椒炒鸡块,他们喝完了一瓶红艳艳的香贝坦葡萄酒,齿颊间还回荡着酒那种热辣辣的醇香。接着阿莱克斯又要了杯白兰地,将白兰地一半一半地兑入盛满香槟的大酒杯中。乔伊丝一饮而尽。吃甜点的时候,她已经开始胡言乱语了。小狗在她的膝头,她仰着脑袋遥望天空,一边用力拉扯着她金色的碎发。

"我想晚上在外面睡……我想一辈子都留在这里……一辈子都做爱……你呢?"

"我喜欢你小小的乳房。"阿莱克斯说。然后就不吭声了。

一喝酒他就变得沉默起来。他接着将白兰地一滴滴地倒入金色的香槟之中。

这是乡间宁静的夜晚；月亮的清辉倾斜在山峦上，蝉儿在鸣唱。

"它们还以为天亮了呢。"乔伊娇媚地呢喃着。小狗在她的怀抱里睡着了，她不想动，接着说道：

"阿莱克斯，给我根烟，帮我点上。"

阿莱克斯摸索着，将香烟插入她的唇中，接着他用力地揽过她的脖子，在她耳边模糊不清地说着些什么。

由于乔伊突然间松开了双腿，小狗醒了，跳到地上，一直跑到草坪上躺下来，它伸展着爪子，用力嗅着九月里石灰岩散发出来的香气。

阿莱克斯低低地叫着：

"来，来，乔伊，让我们来玩爱的游戏……"

"来，吉尔。"乔伊丝对小狗说。

吉尔抬起眼睛，似乎在犹豫。但是他们俩已经消失在阴影中，走得很慢，步履跟跄，两只年轻的、沉醉的脑袋粘在一起。吉尔站起来，仿佛叹气一般地咕了一下，跟着他们，每走一步却都要停下嗅一嗅这土地的味道。

在房间里，和以往一样，他们在床对面的地板上安顿下来，而乔伊还没有忘记像每个晚上那样嘟哝道：

"吉尔，你这个老东西总是走得那么慢，再这样你可当心了。"

月亮在地板上洒下一片片银色的光辉。乔伊慢慢地脱了衣服，然后，她一丝不挂地站在窗前，只有珍珠项链在冰凉的月光下闪闪发光。

"我很美，你喜欢我，是吗？阿莱克斯？"

"最后一个夜晚，"阿莱克斯像个孩子一般，哀怨地说，"没钱了，什么也没有了……我们只能回去，只能分别……要到什么时候我们才能再在一起呢？"

"是的，我的上帝啊……"

这个夜晚，他们第一次没像以往那样纵情于爱欲之中，做完爱，再像野蛮的、精力正旺盛的小动物一样沉沉睡去；他们很难过，在月亮的清辉中，他们躺在花布压脚被上，久久地，温存地互相安抚，彼此相拥，没有说话，几乎没有欲望。

接着他们觉得冷了，他们关上了百叶窗，拉上了蓝色与粉色相间的提花窗帘。夜深了，没有电，只有桌子一角的烛光将他们的身影反射在天花板上，舞蹈着；从很远的地方传来沉重的木鞋的声音。

"旁边也许有个小农庄。"阿莱克斯说。乔伊抬起头，他继续道："那些牲畜也许正在做梦……"

吉尔睡着了，此时它翻过身，侧躺着，发出一声叹息，那么疲倦，那么悲伤，乔伊笑着低声道：

"真像爹地，他在股市输了的时候，也是这么叹气的……哦！阿莱克斯，你的膝盖太凉了……"

白色的天花板上，彼此相连的两个影子成了一个奇形怪状的结，仿佛一束花草。

乔伊丝的手顺着微微颤动、有些疼痛的髋骨慢慢垂下去：

"哦！阿莱克斯，我是多么向往爱啊……"

格德尔一个人回到了巴黎。比亚里茨的房子卖了之后,格劳丽亚和乔伊丝登上伯尔林的游艇,和霍约斯、阿莱克斯、马纳林一家游海去了。一直到十二月,格劳丽亚才从海上回到巴黎,她立刻叫上一个古董商去了格德尔家,准备把家具卖掉。

格德尔几乎带着某种阴暗的快意,看着这一件件家具被搬走,饰有青铜斯芬克斯像的桌子,路易十五时期的床,上面有爱神、箭筒还有圆顶华盖。很长时间以来他一直睡在客厅,睡在一张又硬又窄的折叠床上。晚上,最后一批搬家公司的车走的时候,房子里只剩下几张藤椅和一张白色的木头餐桌。地板上到处都是木屑和旧报纸。格劳丽亚回到房子中。老格德尔一动没动。他几乎半躺在床上,胸口围着格子花呢的毛毯,似乎不无宽慰地望着大窗户,窗户光秃秃的,原先用来遮挡阳光和空气的缎纹窗帘被换掉了。

格劳丽亚的脚步很重,光秃秃的地板发出刺耳的叫声。这声音似乎也让她自己吓了一跳。她紧张地颤抖着,停下脚步,接着,努力地踮起脚尖,尽可能地保持身体的平衡。但是刺耳的叫声仍然在继续。她突然在格德尔对面坐下来说:

"大卫……"

有一会儿,他们就这么互相注视着,什么也没说,目光都是冷冰冰的。她想要挤出一丝微笑,但是,这个动作只是让她原本轮廓分明、四四方方的下颌显出了一份贪婪,尤其是在她不注意的时候,简直有些狰狞。她举起手,有些神经质地挥着,手上戴着手套,手套下方用皮带系住。

"现在你满意了,高兴了?"

"是的。"格德尔回答说。

她猛地咬住嘴唇,用一种奇怪的、尖锐的、有如呼啸一般的声音说:

"疯子……你这个老疯子……你以为没有你我会饿死吗?没有你,没有你那可恶的钱,是不是?……嗯,瞧……我看上去还不那么惨,我想!你看到了吗?"她突然在他面前挥舞着手腕,那上面戴了一只新镯子。

"这个镯子可不是你付的钱,看到了吗?那么你究竟想做什么?只有你一个人承受痛苦,蠢货……我,我都安排好了……而现在这里的一切都是我的,我的,"她狂怒地敲着椅子说,"如果你要阻止我转卖,只要我愿意,你就等着上法庭吧,强盗!……你会坐牢的,"她气喘吁吁地说,"在这么多年的共同生活之后,你竟然让一个女人一无所有……你回答我,回答我,"她突然叫道,"你知道我很清楚!是不是?承认吧!你这样做就是为了不给我钱……你毁了,丢开了我们这些不幸的人,而你……你也情愿就这样断气,家徒四壁,看着我一无所有,是这样吗?是吗?是吗?"

"哦,我无所谓。"格德尔说。他闭上眼睛,低声道:"你要知道,和你有关的一切,你,你的钱……这一切对我来说真的都无所谓……再说你的钱也不能维持多长时间,我可怜的姑娘……相信我,如果没有一个丈夫为你填满钱箱,这一切去得会非常快的……"他一点也不愤怒,用一个老者的温和的声音轻轻说道,下意识地将外套的领子竖起来,遮住面颊。冰冷的风从光秃秃的窗子的缝隙间吹进来。"是的,这一切都会去得非常快……你也在炒股,我想……今年据说随便买张纸都涨……但这不会持续很长时间……而霍约斯……"他笑了一下，几乎是那种很年轻的笑声，"啊！你们的生活，一两年以后，我可怜的孩子！……"

"那你呢？你的生活呢？你已经被活埋了！……"

"这正是我所希望的，"格德尔突然用一种高傲的语气大声说，"一直以来，我都是想做什么就做什么，在这世界上……"

她没有吭声，慢慢地解下手套。

"你留在这里吗？"

"我不知道。"

"你还有钱，是吗？"她低声问，"你都安排好了？"

他点点头。

"是的，"他又轻声说道，"但别再问我要钱，走吧……没必要费那个力气……我都安排好了……"

她冷笑着，用下巴点了点空荡荡的房间：

"哦！我很高兴终于摆脱了这一切，这些斯芬克斯，这些月桂家具……我不需要这些，我。"她用一种倦怠的神情说，闭上了眼睛。

格劳丽亚站起身，拿起她的狐狸皮和手袋，然后，她站在壁炉的大镜子前，开始慢慢地往脸上补粉。

"我想乔伊丝很快就会来找你……"

看到他没有回答，她继续说：

"她需要钱……"

通过镜子，她看到格德尔生硬的老脸上掠过一种奇怪的表情。她不由低声而快速地说：

"这一切都因为乔伊丝，是吗？"

她立刻发现他的面颊和双手突然抽动了一下，颤抖着。

"就是因为她?她?和你一点关系也没有的她?……真可笑……"

她发出一声勉强的,干巴巴的,尖锐的轻笑。

"你真是喜欢她……我的上帝,你多么爱她……就像一个坠入情网的老头……这太可笑了……"

"够了!"格德尔吼道。

她吓了一跳,没再继续下去,只是弯起两道眉毛,咕哝道:

"好了,怎么样,又要开始了吗?好了,你要我为你带上门吗?"

"我想你能够为我这样做……"

他用一种愤怒而疲倦的口气叹道:

"走吧。"

他似乎在努力使自己平静下来,慢慢地擦拭着流到脸上的汗水。

"走吧,我求你。"

"那么……永别了?"

他没有回答她,只是站起身,走到隔壁的房间去。他关上门,沉沉的关门声在空荡荡的家里久久回荡着。她想,以往,他也都是这样结束他们之间的争吵的……接着她想,也许她再也不会看见他了……这孤独的生命或许很快就会结束……"这么多年的共同生活就这样结束了……为什么?在他这样的年龄……每天都可能发生些什么……是他自己要这样的……他活该……但是这一切真是愚蠢,上帝啊……真是愚蠢……"

她走了,重新关上门下楼,脚步声依旧很重。

就剩下了格德尔一个人。

很长时间，格德尔都是一个人。至少，他的家庭再也不会烦他了。

每天早上医生都要来；他匆匆地穿过空荡荡的房间，走进格德尔的房间，为格德尔听诊，衰老的胸腔仍然像夜里一样，尽是沉沉的、嘶哑的喘息声。但是心脏好多了。疼痛似乎终于沉睡。老格德尔本人也似乎进入一种昏睡状态，一种死气沉沉的麻痹状态。检查完，他起床，气喘吁吁地穿好衣服，慢慢地，仿佛为了尽可能节省一点气力，节省一点生命的能量。他围着房子走上两圈，计算着每一次肌肉的运动，计算着每一次动脉和心脏的跳动。他亲自，用备膳室的秤称量自己的食物，精确到克，看着手表，计算煮溏心蛋的火候。

厨房很大，以前五个仆人出入都绰绰有余，而今就只有一个老保姆，她什么都做，弯腰守着炉子，为他准备饭菜，每次他穿着晨衣，背着双手走来走去时，她总是顺从地、疲惫地看着他。晨衣是以前在伦敦买的，但是紫色的绸缎已经磨损了，有好几个洞，露出里面白色的羊毛填充料。

接着，他将扶手椅和板凳拖到窗前，一整天就这样坐着，将一个托盘摆在膝上，玩通关游戏。如果有太阳他就出门，一直走到临街的药店，称了自己的体重，再慢慢回到家中，每五十步就停下来，靠在自己的拐杖上喘气，现在，他还要用左臂将羊毛长围巾围围好，长围巾在他的颈子上绕了两圈，胸前用一只别针别住。

天光开始变暗的时候，苏瓦菲尔，一个德裔的老犹太人会来和他玩牌。以前他是在西西里认识的苏瓦菲尔，后来就失去了联系，直到几个月前才重新见到他。因为通货膨胀，苏瓦菲尔破产了，接着他炒法郎翻了身，重新挣回了失去的一切。尽管这样，他还是对一切持怀疑态度，并且这怀疑与日俱增，他怀疑自己挣来的钱随时可能因为革命和战争而消失殆尽，就像当年的指券①一样毫无价值。苏瓦菲尔渐渐地将自己的财产转成首饰。在伦敦的一只保险箱里，放满了他的钻石、罕见的珍珠，还有祖母绿，都是最好的，以前格劳丽亚从来没有过的。而在这种情况下，他却越发地吝啬，近似疯狂。他住在帕西区的一条阴暗的小街上，房子里都是破烂不堪的家具。他从来不乘出租车，哪怕朋友付钱他也不干。"我不想坐，"他说，"我不想染上奢侈的坏毛病，不允许自己染上奢侈的坏毛病。"冬天，他总是在风雨中等公共汽车，一等就是几个小时；如果二等车厢满了，他就一辆接一辆地等下去。他一生都踮着脚尖走路，因为这样，一双鞋子穿的时间可以长一些。几年前，他的牙齿全掉光了，他只吃稀饭，揉碎的蔬菜，为了省去装假牙的钱。

他的皮肤又干又黄，接近透明，仿佛一张秋天的落叶，就在这张脸上，有一种悲剧性的高贵，有时，某些坐牢坐了些年头、上了年纪的苦役犯也会有这样的神情。他的鬓角飘动着一缕缕美丽的白发。只有这张空空的嘴，藏在一道道深深的皱纹中，而且时不时向外吐痰的嘴会让人感到厌恶与恐惧。

---

① 指券，1789—1797 年流通于法国的一种有国家财产为担保的证券，后当作通货使用。

每天格德尔都让他赢上二十法郎左右，听听他讲讲别人的生意。他身上有一种阴郁的脾性，和格德尔自己颇为接近，因此他们在一起颇能自娱自乐一番。

苏瓦菲尔也总有一天会孤独地死去，像一只狗，没有朋友，坟头没有一个花圈，被家人葬在巴黎最便宜的公墓里，他的家人都非常恨他，他也恨他们，但是他却留给他们三千万以上的财产，完美地完成了这尘世赋予犹太人的奇怪的命运。

因此，每天五点钟的时候，围着一张白色的木头桌子，在客厅的窗子前，格德尔穿着他紫色的晨衣，而苏瓦菲尔围着一条女人的黑色羊毛披肩，两个人一起玩牌。在静静的房子里，响起格德尔的一阵阵咳嗽声，一种喑哑的、奇怪的咳嗽声。而苏瓦菲尔，一直愤怒地、哀怨地悲叹着。

在他们身边，银质杯脚的大玻璃杯里盛着滚烫的热茶，杯子是格德尔以前在俄罗斯买的。苏瓦菲尔停下来，将牌放在桌子上，自然地用手掌遮住，一边喝茶一边说：

"您知道糖要涨价了吗？"

接着又说：

"您知道拉勒曼银行要资助法国-阿尔及利亚联合矿产公司？"格德尔突然抬起头，向他投去锐利而激动的一瞥，仿佛灰烬之中的一簇火苗，但很快就熄灭了。他疲倦地小声说：

"这应该是桩不坏的生意。"

"惟一的好生意是把钱转成可靠的东西——如果的确存在这一类的东西——坐在上面，像鸡孵蛋一样地捂住……轮到您了，格德尔……"

他们重新拿起牌。

"您知不知道?"苏瓦菲尔走进来时说,"您知道后来他们又干了些什么?"

"谁?"

苏瓦菲尔用手指了指窗户和外面的巴黎。

"前天,"他用他那尖锐而颤抖的声音继续道,"是去付收入税,明天是租金。八天前,四十三法郎的煤气费。接着,是我老婆买了顶新帽子,七十二法郎!……看上去就像一个倒过来的水壶!……如果是买了什么好东西,我倒也不在乎付钱,那种经得起穿戴的东西……而这东西!两季都戴不到!……而且是她那个年龄……她需要的我看是条裹尸布!要是让我给她买条裹尸布,我倒是很愿意付钱!……七十二法郎!……在我们那个时代,在我们那里,这样的价钱都可以买一顶熊皮帽子了!哦!我的上帝啊,如果我儿子有一天要结婚,我要亲手勒死他……这样对他来说也许更好,可怜的小东西……总比一生都在付钱好,就像你我这样!……而今天,如果我不去重新换身份证,我就要被赶出这个国家了!……一个不幸的老人,一个病人,我能去哪里呢,我问您?"

"德国。"

他嘀咕道:

"啊。是的,德国……那里在蔓延瘟疫!……您知不知道我那个时候的事情,我做战争军需品,在德国。不,您不知道?……好了,我必须去换身份证了,他们那里四点钟关门……您知道这要花多少钱吗?……三百法郎,我的朋友格德尔,三百法郎,这还仅仅是费用,更不要说为此付出的时间,还有您让我赢的二十法郎,因为我们都没时间玩上一局!……啊!我的主啊！您不愿意和我一起去吗？您可以散散心，天气很好。"

"您是不是想让我替您付出租车费？"格德尔突然发出一阵嘶哑的笑声，仿佛咳嗽一般。

"我敢发誓，"苏瓦菲尔说，"我希望坐电车去……您知道我从来不坐出租车，因为我不想养成坏习惯……但是今天，我的老腿沉得像铅一样……您是不是乐意浪费一点钱呢？把钱从窗户里扔出去？"

他们一起出了门，各自挂着各自的拐杖。格德尔没怎么说话，只是听着同伴在向他叙述一桩才以欺诈破产而告结束的糖的交易。苏瓦菲尔一边列举其中的各项数字和达成和解的股东的名字，一边兴高采烈地搓着颤抖的双手。

从警察署出来，格德尔想走一走。天色还没完全暗下来，冬日最后一缕红色的阳光照在塞纳河上。他们穿过桥，偶然走到市政府后面的一条小街上，接着又转到另一条街上，那是以前的寺庙老街。

突然，苏瓦菲尔停下来。

"您知道我们这是在哪里吗？"

"不。"格德尔漠然地答道。

"我亲爱的，这里，就在旁边的罗齐埃街上，有家犹太小餐馆，巴黎惟一一家真正会做白狗斑鱼塞肉的饭店。和我一起吃晚饭吧。"

"您不会以为我要吃白狗斑鱼塞肉吧？"格德尔咕哝道，"六个月了，我从来没碰过鱼，也没碰过肉。"

"又没有人要你吃。只是和我一起去，然后付钱。行吗？"

"真见鬼。"

但是,他还是跟着苏瓦菲尔艰难地沿着小路往上,他呼吸着一个个黑色的小摊子散发出来的气味,灰尘、鱼、腐烂的稻草。最后,苏瓦菲尔转过身,抓住格德尔的胳膊说:

"多么肮脏的犹太人,是吗?"他温和地说,"您想起了什么?"

"没什么好的。"格德尔阴郁地说。

他也停下脚步,仰起头,有一阵,他什么也没说,只是看着这些房子,看着窗户前晾着的内衣。小孩子从他双腿间穿过。他用拐杖将他们赶开,叹了口气。小店铺里几乎只卖旧衣服和鱼,金色的鲱鱼,还有一桶桶的盐肉。苏瓦菲尔指着一家餐馆,招牌上写着希伯来文的。

"就是这里。走吧,您来吗,格德尔?您很愿意请我吃顿晚饭,为一个可怜的老好人提供一点乐趣吧?"

"哦!您真见鬼。"格德尔重复道。但是他又一次跟这苏瓦菲尔往前走。这里还是那里?……他似乎比平常更觉得疲倦。

小餐馆显得很干净。桌子上铺着彩色的纸质餐布,餐馆的一角放着一只锃亮的铜水壶。餐馆里一个人也没有。

苏瓦菲尔要了一客白狗斑鱼塞肉和冬萝卜。他小心翼翼地抓着滚烫的盘子,把它举到面前。

"真香啊!……"

"哦!看在上帝的分上快点吃,让我安静一点。"格德尔嘟哝着。

他转过头,掀起一角红白格子的混纺棉布窗帘。外面,两个男人靠在窗户上说话。在里面听不见他们的说话声,但是格德尔从他们的手势中能猜出个大概。其中的一个是波兰人,戴着一顶红棕色的、带护耳的破皮帽子,他长着浓密而拳曲的灰色络腮胡子,片刻之间,他不耐烦地用手将这胡子梳来梳去,卷了又放下,不下一千次。另一个是个小伙子,红棕色的头发,仿佛火焰一般,往各个方向绽放。

"他们在卖什么?"格德尔想,"草料、废铁,就像我年轻时候?……"

他半闭着眼睛。现在,夜幕开始降临,外面一辆推车发出叽叽嘎嘎的声音,盖住了寺庙老街上的汽车声,而阴影也渐渐地遮覆了房子,他感觉自己在梦中回到了自己的国家,仿佛看见了熟悉的轮廓,但是因为在梦中,一切都是变形的、扭曲的……

"有些梦就是这样的,"他模模糊糊地想,"尤其是这些年来,不断看到有人死去……"

"您在看什么?"苏瓦菲尔问。他推开盘子,盘子里还残留着鱼和碎土豆。"啊!这就是衰老……以前,像这样的我能吃三份……啊!我可怜的牙齿……我没法嚼,只好囫囵吞下去……我这儿堵着……"他指了指他的胸口。

"您在想什么?"

他停下来,顺着格德尔视线的方向看去,摇了摇头。

"哦唷,"他突然间吟唱起来,用他那特有的、既哀怨又讽刺的、无法模仿的声音说,"哦唷,主啊!……您不觉得他们比我们幸福吗?……又脏又穷,但是一个犹太人真的需要那么多东西吗?……犹太人一直浸在不幸之中,就像将鲱鱼浸在盐卤中一样……我要多到这里来。要不是这里这么远,又这么贵——现在哪里都贵,我每天都要到这里来,静静地吃上一顿晚饭,不用和家里人在一起,见鬼的家人……"

"有时应该到这里来一下。"格德尔咕哝道。

他将手伸向店里才生好的红彤彤的炉子,炉子在餐馆的一角,照亮了整个餐馆,呼呼作响,散发出沉沉的热气。

"如果是在家里,"他想,"有这样的气味,我可能会喘不上气来……"

但是在这里他并没有觉得不舒服。一种还从来没有体验过的原始的热量钻进他的老骨头里。

外面,一个男人拿着一根烧得通红的铁钎走过。他点燃了小餐馆对面的一个煤气气嘴。火光绽放出来,照亮了一扇狭小的、黑乎乎的窗子,窗前晒着内衣,窗户下面是空空如也的旧花盆。格德尔突然想起来,就在他出生的小店铺的对面,也是这么一扇斜的小天窗……还有风雪中的那条小街,有时,他会在梦中重见到这一切。

"这是一条漫长的道路。"他高声说。

"是的,"老苏瓦菲尔说,"漫长、艰难而且毫无意义。"

两个人一起抬起头,久久地望着可怜的小窗子叹息着,抽打着窗子的破衣服。一个女人打开窗,弯下身,将衣服收回去,抖了抖。接着她将脸伸向路灯,借着路灯的光,她拿出一面小镜子,开始涂口红。

格德尔突然站起身:

"好了,回去吧……这汽油味让我很不舒服……"

晚上，他在梦中又见到了乔伊丝，她那掺杂着罗齐埃街犹太小姑娘的轮廓。然而这却是很长时间以来的第一次。关于乔伊的记忆也在他身上沉睡着，一如他的病痛……

他醒了，双腿打颤，筋疲力尽，仿佛走了很多很多路。整个一天，在玩过牌之后，他就这样坐在窗前，裹着毯子和披肩。他在颤抖，一丝冰冷的寒意悄无声息地侵入了他的骨髓。

苏瓦菲尔来得很迟，但是这一天他也觉得自己病了，很是忧伤，于是没怎么说话。他比平常走得早，在黑暗的街道上步履蹒跚，怀里紧紧地抱着他的雨伞。

格德尔吃了晚饭。接着，保姆上楼了，他沿着房子走了一圈，插上门闩。格劳丽亚把吊灯卸下了。所有的房间都只剩下了灯泡吊在电线上，在风中摇曳着，灯光将老格德尔的影像反射在壁炉上方的那面大镜子上，他赤着双脚，手里拿着钥匙，浓密的白发乱蓬蓬的，他的脸非常苍白，因为心脏病的缘故，脸上的瘀青一天比一天重。

有人按门铃。在开门前，有些意外的格德尔看了看钟。晚报已经到了很久。他想也许苏瓦菲尔遇到了意外，让人把自己送到格德尔家，这样就可以让格德尔付医疗费。

他隔着门问：

"是您吗？苏瓦菲尔？谁呀？"

"杜宾根。"门外的声音说。

格德尔的脸上掠过一阵激动的表情，他取下了门链。他的手有点不听使唤，动作很慢，而且越是急就越是不听使唤，但杜宾根默默等着，没说什么。格德尔了解他，他可以就这样一动不动站上几个小时。"他还是没变。"他想。

终于，他拿下了门闩。杜宾根进来了。

"哈喽。"他说。

他拿下帽子，脱掉外套，将它们小心翼翼地挂好，接着他把超市的雨伞撑开放在房间的一角，握住了格德尔的手。

他长着一颗有点奇形怪状的脑袋，看上去颇为愚蠢的、闪闪发光的前额，一张清教徒似的、苍白的脸，双唇紧闭。

"我能进来吗？"他指了指客厅问。

"是的，进来吧……"

格德尔看见他瞥了一眼家徒四壁的房间，随即，情不自禁地转过目光，仿佛看到了什么不该看到的秘密。

格德尔说：

"我妻子走了。"

"是到比亚里茨吗？"

"我不知道。"

"啊。"杜宾根小声应了一句。

他坐下来，格德尔坐在他的对面，喘着气。

"生意怎么样？"最后，格德尔终于问。

"和往常一样。有一些不错，有一些不好。您知道吗，阿姆拉姆和俄国人签约了？"

"什么，是泰伊斯科？"格德尔飞快地说，双手往前伸，仿佛要抓住某个从眼前掠过去的影子。不过他立刻垂下了手，耸耸肩。

"我不知道。"他叹了口气说。

"不是泰伊斯科。一份五年的合同，明确表示每年从俄罗斯进口十万吨石油，从君士坦丁堡、塞得港和科伦坡走。"

"但是……泰伊斯科呢？"格德尔用一种更为低沉的声音说。

"没有任何消息。"

"啊！"

"我知道阿姆拉姆曾经两次将佣金打往莫斯科。但没有任何消息。"

"为什么？"

"啊！为什么？……也许苏维埃政权想从美国那里得到两千三百万金卢布的贷款，阿姆拉姆应该收买了政府的三个官员，其中一个是议会代表。这太过分了。而且他们之间这些交易的收据被盗，报纸上炒得沸沸扬扬。"

"啊，是吗？"

"是的。"杜宾根点点头。

"阿姆拉姆买了我们在波斯的油田，格德尔。"

"您重新谈了吗？"

"那是当然。立刻。我希望能够拥有整个高加索。希望能有个炼油中心，而且成为俄国石油产品的惟一销售商。"

格德尔露出一丝笑容。

"这太过分了，就像您刚才所说的一样。俄国人不喜欢将过重的经济权让给外国人，因为这会带来政治权利的转让。"

"一群蠢货。我对他们的政治不感兴趣。每个人在自己的领地都是自由的。但是他们可别想插手我生意上的事情，一次也别想……这一点，我敢和您发誓。"

格德尔沉浸在了想象中,高声说:

"我……我本应该从泰伊斯科和阿朗吉斯入手。接着,慢慢地,到后来……(他飞快地做了一个手势,张开手,又握起来)把一切都收入囊中……一切……整个高加索,所有的石油……"

"是的,我来找您,就是想让您重振旗鼓。"

格德尔耸耸肩。

"不,我不想。我病了……几乎处于半死的状态。"

"您还保留着您的泰伊斯科股份吗?"

"是的,"格德尔犹豫道,"我也不知道为什么……为了它们的价值……价钱合适我可以卖掉……"

"当然,如果是阿姆拉姆得到了经营权,我就倒霉了,如果真是这样……可如果是我……"

他没再说下去。格德尔摇摇头。

"不,"他咬紧牙关说,仿佛很痛苦似的,"不。"

"为什么?我需要您。您也需要我。"

"我知道。但我不能再工作了。我不能再工作。我生病了,心脏病……我知道,如果我现在不放弃生意,我必死无疑。我不想死。这一切有什么好处?在我这个年龄,我不需要太多东西。活着就行。"

杜宾根也在摇头。

"我已经七十六岁了。二十年、二十五年后,等到泰伊斯科的所有油井都在喷油的时候,我早就埋在地下的某个地方了,我想……同样,我签一份经营转让的租约,九十九年,那个时候,不仅仅是我,包括我儿子、孙子、孙子的孩子,我们一起都在主的怀抱里安息。但是总有一个杜宾根存在着,我是为他在工作。"

"我,"格德尔说,"我没有。那么还有什么意义呢?"

"您和我一样有孩子。"

"我没有。"格德尔用力地重复道。

杜宾根闭上眼睛。

"需要建立某种东西。"

他慢慢睁开眼睛,似乎看着格德尔身后的什么。

"某样东西……"

他兴奋地重复说,用这种喑哑的、深沉的声音,人只有在讲述内心最为温润的秘密时才有的声音。

"建立……创建……持久……"

"对于我来说,剩下的是什么?钱吗?啊!没有必要……难道我们能把钱带到地下去吗?……"

"主所给的一切,主亦将收回。但愿他的圣名得到赐福,"杜宾根声音一变,用他自小就养成的那样一种清教徒式的、单调而快速的语调朗声轻颂《圣经》的段落,"这就是规律。对于这个,我们无能为力。"

格德尔深深地叹了口气:

"是的,无能为力。"

"是我。"乔伊丝说。

她向前一步,几乎碰到他了,而他还是没有动。

"看来你不再认我了?"

她突然向过去一样叫道:

"爹地!"

他却只是哆嗦了一下,闭起眼睛,仿佛光线太刺眼了。他无精打采地伸出手,几乎只是擦了一下她的手,什么也没说。

她拖过格德尔扶手椅边的凳子,坐下来,拿下帽子,用他熟悉的那种动作猛烈地摇晃着脑袋,接着,她变得一动不动,弯着腰,沉默不语。

"你变了。"格德尔还是不由自主地说。

她冷笑一声说:

"是的。"

她长高了,瘦了,神情奇怪,有一种难以形容的没落、迷失和疲倦。

她穿着一件非常耀眼的貂皮大衣。她将大衣脱下,猛地扔在地板上,指指自己的脖子,就在以前格德尔送给她的珍珠项链的位置,她戴了一串翡翠项链,如同青草一般的绿色,颗颗晶莹硕大,以至于格德尔一时没能明白过来,只是一言不发地定定地看着,似乎被吓着了。最后,他生硬地笑道:

"啊,是的,我看到了……你看来也安排好了……只是那你还来干什么?我真不理解……"

她用一种单调的声音嘟哝道：

"这是我未婚夫的礼物。我很快就要结婚了。"

"啊！"

他努力地说：

"恭喜你……"

她没有回答。

他思考了一下，数次将手放在她的额上，叹道：

"好吧，我祝你……"

他突然停住了：

"我看他很富有，是吗？……好了，你会幸福的……"

"幸福！……"

她爆发出一阵绝望的轻笑，转向他。

"幸福？你知道我嫁的是谁？老费希尔。"看到他没问，她爆发了。

"费希尔！……"

"唉！是的，费希尔！你还要我怎么办呢？我没钱了，我，不是吗？妈妈什么也没给我，一分钱也没有，你了解她的，你知道她情愿看着我饿死也不会给我一分钱的，不是吗？你了解她的。好吧！那你还要我怎么样？还算幸运，他愿意娶我……否则，我只能和他睡觉，不是吗？不过那样也许更好，更简单，时不时地陪他睡一夜……但他不愿意，你想呢？他花多少钱就要得到多少补偿，他，那头老猪，"她突然恨得发抖，"啊！我真想……"她没说下去，将手伸入发中，迷茫地拽着。

"我真想杀了他。"最后她慢慢地说。

格德尔苦涩地笑道：

"为什么？这很好，恰恰相反，这真是太好了！……费希尔，他有钱，你知道，只要他不进监狱，再说你会给他戴绿帽子的，你和你的那个小……你怎么叫他的？……你的那个小白脸……你会很幸福的，走吧！……啊，这就是你的结局，这就是，小娼妇，都写在你的脸上呢……不管怎么说，不管怎么说，以前，我从来没有想过你会是这样的结局，乔伊丝……"

他愈发苍白了，疯了般地想：

"主啊，这和我有什么关系？有什么关系？她想和谁睡就和谁睡，想去哪里就去哪里好了……"

但是他那颗如同过去一般骄傲的心在滴血：

"我的女儿……对于所有人来说，无论如何，她还是格德尔的女儿……而她和费希尔！……"

"我是那么不幸，你知道吗……"

"你要得太多了，我的女儿，钱，爱情，必须选择……但是现在已经选择了，不是吗？"

他的脸上掠过一种痛苦的表情：

"没有人强迫你，不是吗？那么你为什么还要唉声叹气呢？这是你自己要的。"

"啊！这一切都是因为你，这一切都是你的错！……钱，钱，但是我无法选择别的生活，我，你要我怎么样呢？我试过，我发誓自己曾经尝试过……如果你在冬天看到我……你知道吗……冬天多冷啊？……从来不曾这样冷过，不是吗？……我穿着我秋天的灰大衣……你走之前我为自己定做的最后一件衣服……啊！我挺美……但是，我不能，我不能，我天生就不是能过这样生活的人！这不是我的错！……债务，烦恼，所有的一切……最终必须有所选择,不是吗?这个或那个。但是阿莱克斯,阿莱克斯!……你说,给费希尔戴绿帽子!当然了!但你以为他会就这么轻易地让我骗他,你错了!……啊!你不了解他!如果他付了钱,他就会看牢,瞧着吧,他会看得牢牢的!这个老东西,这个肮脏的老东西!啊!我想去死,我太不幸了,我那么孤独,那么难受,帮帮我,爹地,我只有你了!"她抓住他的手,握紧了,发疯般地搜着,"回答我,和我说说话,说点什么!……否则我从这里出去就会自杀。你还记得马居斯吗?……他们都说他是因为你自杀的……你也会因为我的死受到良心谴责,你听到了吗?"她突然用孩子一般颤抖而尖锐的声音叫道,在空荡荡的房间里,她的声音奇怪地回荡着。

格德尔咬紧了牙关。

"你想吓唬我,是吗?别把我当傻瓜!再说我也没钱了。你走吧。对我来说你什么都不是。你很清楚……你一直都清楚……你不是我的女儿……你知道的,你知道自己是霍约斯的女儿……那好吧,你去找他……让他保护你,他,让他看好你,让他为你工作……现在该轮到他了……我为你做得已经够多了,这一切和我无关,再也和我无关了,滚吧,滚吧!……"

"霍约斯?你……你敢肯定吗?……哦,爹地,你知不知道!我是在他家重新见到阿莱克斯的……在他面前,我们……"她将脸藏在双手之中。他看见泪水顺着她的指缝流淌下来。

她绝望地重复道:

"爹地!可是我只有你,我在这世上没有别的依靠了!对于我来说这根本无所谓,你知道吗,我根本无所谓你是不是我的亲生父亲……我只有你……帮帮我,我求求你……我那么希望幸福,我还年轻,我想要活下去,我要,我要幸福!……"

"你并非惟一一个这样的人,我可怜的女儿……别烦我了,别烦我了……"

他做了个不确定的动作,似乎往外推她,却又似乎是在往怀里拽。突然,他颤抖了一下,让自己的手沿着她弯曲的颈背滑下去,她那金色的擦了香水的短发……好吧,再接触一下这不属于自己的身体……用手掌心感受一下这生命脆弱而迫切的跳动,再一次……然后……

他嘟哝着,心一阵阵发紧:

"啊!乔伊丝,你为什么要来,我的女儿?我已经平静下来了……"

他说:"你到底要我怎么样啊?上帝啊?"

她神经质地拽紧了他的手。

"啊!只要你愿意,只要你愿意!……"

格德尔耸耸肩:

"什么?你要我把你的阿莱克斯给你吗,而对于你的生活,再给你钱,给你首饰,就像给玩具一样,像过去一样?……嗯。但是,我不再能这样做了。这一切太昂贵。你母亲和你说过我还有钱?"

"是的。"

"看看我是怎么过的。的确,支撑我继续活下去直至死亡的钱已经足够了。但对于你来说,这钱不过是一年的花费。"

"但是为什么?"她绝望地乞求道,"就像过去那样,做生意,钱就来了……这不是很容易吗……"

"啊!是的,你以为?……"

他又一次,带着小心翼翼的温存抚摸她金色的脑袋:"可怜的小乔伊丝……"

"这真是滑稽,"他痛苦地想,"我那么清楚一切将如何发展……两个月后,她又会去和她的阿莱克斯睡觉……或者和别的什么人……是该结束了……但是费希尔! ……啊,哪怕换一个人,不管什么人都好啊! ……但是费希尔,"他仇恨地重复道,"他会说,那个混蛋……'我毫不费力地就占有了格德尔的女儿……毫不费力'! ……"

突然,他弯下身,将乔伊丝的脸捧在手里,用力地抬起。他那坚硬的指甲嵌入了她娇柔的肌肤里,他故意地,带着某种激情说:"你……你……如果你不是因为需要我,你就会让我一个人孤独地死去,是吗?"

她嘟哝道:

"那你又会叫我什么?"

她笑了。他看着她,她神情迷惘,两眼都是泪水,她那红色的、丰满的嘴唇慢慢地如同花朵般绽放。

"我的小东西……也许,无论如何,她都是我的,谁知道呢?再说,这有什么关系呢,我的上帝啊,这有什么关系呢?"

"你很清楚如何榨取他,榨取老东西,是吗?乔伊?"他发疯了般地轻声道,"你的眼泪……一想到那只猪能从我手里买到什么……是吗?是吗?"他发疯地重复道,带着一种仇恨,然而也带着一种荒蛮的温情……"瞧……你想让我再试试?……让我死前再挣点钱?……你愿意等一年吗?一年后,你会比你母亲富有,是她这辈子从来没有过的富有。"

他推开她,站起身。他重新感受到如同破机器一般的身体涌动出生命的热情、力量和狂热。

"让费希尔见鬼去,"他突然用一种完全不同的、准确而干巴巴的语调说,"如果你还不完全是个傻瓜,你就打发你的那个阿莱克斯自己也去想同样的办法。不愿意吗?如果你把钱都拿去喂了他,我死了之后你怎么办?你无所谓,是不是?难不成你随时随地再能够委身于老费希尔吗?啊!我不是一个老傻瓜,"他突然咆哮道,他抓住乔伊丝的下巴,粗鲁地拧了她一下,以至于她爆发出一声尖叫,"请你无条件地签了我为你结婚准备的合约。我不想为你的小白脸劳累至死。你懂了吗?你要钱吗?"

她点点头,没有回答。他松开她,打开抽屉。

"听好了,乔伊……明天你以我的名义去找瑟东,我的公证人。每个月他会给你一百五十里弗尔……"

他在桌子上散落的报纸边缘潦潦草草地画了几个数字。

"这和我过去给你的差不多。稍微少一点。但是你只需忍受一点时间,我的女儿……因为这是我剩下的所有钱了。然后,等我回来,你再结婚。"

"可你去哪里?"

他耸耸肩:

"这和你有关系吗?"

他将手放在她的颈背上,让她低下头:

"乔伊丝……如果我死在路上,瑟东会负责把一切都安排好,他会尽可能地保护你的利益。你只需要听从他的安排。他让你签什么你就签什么。明白了吗?"

她点点头。

他深深吸了一口气。

"现在……好了……"

"亲爱的爹地……"

她滚上他的膝盖,用额头抵住他的肩,闭上了眼睛。

他注视着她,勉强地笑着,可嘴角还是禁不住地抽动了一下,只是他很快抑制住了:

"没有钱的时候是多么温柔啊,是不是?这是我第一次看到你这样,我的女儿……"

他在想:"也是最后一次!……"但是他什么也没说。他只是听任自己的手指划过女儿的睫毛和脖子,久久地,一次又一次,似乎要将轮廓印刻下来,要尽可能地保留它。

"缔约双方自愿达成协议,在经营权的问题上,自此条约生效之日起的三十天内……"

围坐在桌边的十个男人看着格德尔。

"是的,继续。"他小声说。

"在以上前提下……"格德尔的手在脸周围晃动着,努力想要驱散直逼他口腔的这股烟雾。有一阵子,对面那个正在念条约的男人似乎变得模糊起来,一方面他的棱角在晃动,另一方面似乎又是空落落的,只有张开的嘴巴变成了一个黑洞,在烟雾之中仿佛一块溶解了一半的色块。

空气中浸润着一种俄罗斯烟草的强烈气味,还有皮革和汗水的味道。

自从昨晚以来,这十个男人一直没有就最终的协议达成一致意见。而在这之前,谈判已经进行了十八个星期。

他看了看腕上的表,但是表停了。他往窗外投去一瞥。透过沾满油污的玻璃窗,可以看见莫斯科的天正在亮起来。这是八月的一个非常美丽的早晨,但是天色之中已经有了初秋那一丝冰凉的纯净和透明。

"苏联政府同意将位于泰伊斯科和阿朗吉斯平原50%的油田的经营权转让给杜宾根石油有限公司,一九二五年十二月二日以杜宾根为代表的杜宾根石油有限公司的备忘录里对此已有所记录。每一块被转让经营的油田呈长方形,面积不得超过四十公顷,并且彼此不能相连……"

格德尔做了个手势：

"您能把最后一条再念一下吗？"他咬紧双唇说。

"每一块油田……"

"就是这个，"格德尔愤怒地想，"以前根本没提出过的问题……他们一直等到最后一分钟才将这些肮脏的、暧昧的小条款塞进来，看上去根本没有任何明确的意义……这一切都是为了以后中断条约时能有借口，等我们注入了第一笔资金之后……据说他们和阿姆拉姆也是一样……"

他记得以前他曾经在马居斯那里看到过他们和阿姆拉姆的合约复印件。当时工程就要在某个日子开始了……他们向阿姆拉姆的代表正式承诺过可以延长最后的期限……但是，合约取消了……这让阿姆拉姆公司砸了好几百万……"一堆猪。"他咕哝道。

他突然一拳打在桌子上。

"请您立刻把这条划掉！……"

"不。"在座有人叫道。

"那我就不签字。"

另一个男人叫道：

"哦！亲爱的大卫·伊萨基什……"

温存而柔美的俄国口音，贵族化的、娇媚的表达方式和他那张又黄又硬的脸显得如此不协调，他的眼睛很小，目光锐利、呆板、残忍。他继续伸开双臂说，似乎要将格德尔抱在怀里：

"您在说什么呢，亲爱的朋友？戈鲁布什克……您知道，这条协议没有任何特别的意义，不是吗？它只是为了平息无产阶级合法的担心，看到苏联的土地就这样在资本家的手中转来转去，他们如何能不担心呢，他们不能保证……"

格德尔突然耸了一下肩膀：

"够了！又是这一套！和阿姆拉姆的这一套，不是吗？再说，我没有权力签署一条公司一点都不知道、也没有核准过的条款……你们很明白了，西蒙·阿列克谢维奇？"

西蒙·阿列克谢维奇关上卷宗，用一种别样的声音宣布道：

"很好！那我们就等你公司知道、核准或拒绝再说吧。"

格德尔想：

"就是这样……他们又想拖……是不是阿姆拉姆又……？"

他恼火地推开椅子，站起身：

"我不会等，你们听清楚了吗？不会等！……要不立刻签合约，要不就永远别签！……小心点！……说签还是不签，立刻回答！……因为你们听清楚了，我不会再在莫斯科多停留一个小时！……来，瓦莱。"他转向杜宾根的秘书说。瓦莱已经三十六个小时没休息了，他一直带着某种绝望的神情望着大卫·格德尔。难道这一切又要重新开始吗？我的上帝啊，就为了这个无足轻重的问题？交谈，叫喊，而老格德尔的声音一直就是这样折磨人，可怕极了，在某些时候，根本听不清他在说什么，就像鲜血流过喉咙口发出的声音。

"怎么能这样叫呢，"瓦莱情不自禁地觉得害怕，"其他人会怎么样？……"

现在，所有人都聚集在大厅的一角，他们吵吵嚷嚷的，瓦莱只能勉强听到几个词，什么"无产阶级的利益"啦，什么"剥削资本家的暴君态度"，一秒钟之内，这样的词能叫上十遍，仿佛落在身上的拳头一般掷地有声。

格德尔的脸又紫又肿，用张开的手掌敲击着桌面，桌上的纸头飞散开来。瓦莱觉得每一声都足以让格德尔的心脏爆裂。

"瓦莱!看在上帝的分上!"

他颤抖着,匆匆站起身。

格德尔如同暴风雨一般从他面前经过,身后围着一群男人比划着,吼叫着。瓦莱一句也听不懂了。他跟着格德尔,仿佛身处噩梦之中。他们已经走到了楼梯口,这时委员会里的一个成员站起身来走到格德尔面前,而在这之前,他是惟一一个没有离开自己位置的。他长着一张颇为奇怪的脸,平坦四方,简直像中国人,他的脸色是深棕色的,如同干裂的土地。他曾经做过苦役犯。他的鼻孔是裂的,非常可怕。

格德尔仿佛安静了下来。那个男人在他耳边说了点什么。他们又回到房间里,重新坐下。西蒙·阿列克谢维奇重新开始道:

"在现在所估计的三万公吨的基础上,苏维埃政府将收取5%的税。每增加一万公吨将再增加0.25%的税,直至到四十三万吨为止,届时苏联政府的税将固定在15%。苏联财政部还将收取相当于开采成功的油井产量的45%的油以及天然气的税,天然气税将根据其所含汽油,收取10%到35%不等。"

格德尔这会儿一言不发地听着,手撑住脸颊,眼皮合上了。瓦莱觉得他睡着了:他的脸非常苍白,神清沮丧,唇边有很深的两道,鼻孔如同死人一般夹得很紧。

瓦莱扫了一眼西蒙·阿列克谢维奇手里的合同打印纸,掂量了一下。他泄气地想:

"也许永远也没有结束的一天了……"

格德尔突然走向他说:

"请把您身后的窗子打开,"他咕哝着,"快……我喘不上气来……"

瓦莱做了个惊讶的手势。

"把窗打开。"格德尔又命令了一遍,几乎没有松开紧紧咬住的牙齿。

瓦莱赶紧推开窗,走近格德尔,果然,在他意料之中,格德尔跌坐在椅子上。

但是西蒙·阿列克谢维奇仍然一直在读:

"杜宾根公司有权经营其所有的石油半成品及加工产品,无须任何特别的法律和许可。同样,它可以免税进口与其经营行为相关的机器、成套设备和原材料,以及其工人所需食品。"

瓦莱匆匆忙忙地嗫嚅道:

"格德尔先生,我让他们停下来……您的状况……您的脸色非常苍白……"

格德尔猛地抓住他的手。

"闭嘴……您妨碍我听他念了……您赶快闭嘴,看在上帝的分上!……"

"开发商应当向苏联政府上缴经营油田的费用,费用为油田总产量的5%至15%,并上缴已喷油油井总产量的40%……"

格德尔发出一声含糊不清的呻吟,在桌子上趴了下来。西蒙·阿列克谢维奇停了下来。

"我要提请您注意,关于喷油的油井,提交报告的第二特别小组认为……"

瓦莱感觉到桌下,格德尔那只冰凉的手抓住了他的手,并且抽搐着。瓦莱不自禁地用尽所有气力将自己的手按在他的手上。瓦莱模模糊糊地想起有一次,他也曾经这么抓住一只濒临死亡的猎犬受伤流血的下巴。为什么这个老犹太人会让他想起一只快死的病狗呢？而那只狗就在那一瞬间还转过身，发出一阵野蛮的叫声，最后咬了一口，威力丝毫未减？

格德尔说：

"您对于第二十七条的注解，我们已经在上面浪费三天了，是不是又要重新开始？……还是往下吧……"

"杜宾根石油公司可以修建办公楼、炼油厂、输油管道以及一切与工作有关的东西。经营转让的期限是九十九年……"

格德尔将手从瓦莱的手里抽了出来，在桌子底下，他弯着身躺到一块蜡布上，他将衣服一直解到胸口，用指甲抓着，仿佛想要将肺部彻底暴露出来。他本能地用颤抖的手一把抓住胸口，仿佛一头生病的动物一般，用病痛所在的地方抵住大地。瓦莱看见他的脸上流下大滴的汗水，一滴接着一滴，仿佛泪水一般。

但是西蒙·阿列克谢维奇的声音更响了，几乎可以说是庄严。他轻轻地从椅子上站起来，结束道：

"第七十四条，最后一条。经营转让期满之后，上述所有建筑和成套设备都是苏联政府不可转让的财产。"

"结束了。"瓦莱心存恐惧地叹了口气。老格德尔慢慢地抬起头，让别人把笔递过来。签字仪式开始了。十个男人面色苍白，沉默不语，筋疲力尽。

格德尔站起身，走向大门。委员会的人远远地、颇为节制地和他打招呼告别。只有那个长着中国人脸的人冲他微笑。其他人似乎显得疲惫而恼火。格德尔像个机器人一般地点头，动作突兀僵硬。瓦莱想：

"现在……他肯定要到了，肯定的……他到头了……"

但是他没有倒下。他走下楼梯。只是在街上,他似乎有点眩晕。他停下脚步,用额头抵住墙,一直这么默不作声地站着,身体在颤抖。

瓦莱叫了一辆车子,扶他上去。车子每颠簸一下,格德尔的头都要为之摇晃,然后落在胸前,仿佛一个死人。然而渐渐的,他仿佛又恢复了一点生气。他深深地呼吸着,碰了碰放在胸口的皮夹。

"终于完了……这群猪……"

瓦莱说:"我一想到我们在这里已经待了四个半月就受不了!我们什么时候走,格德尔先生?这是个肮脏的国家!"他口气强烈地结束道。

"是的,您明天就走。"

"什么,那您呢?"

"我明天去泰伊斯科。"

"哦!"瓦莱被吓住了。

他犹豫了一下:

"格德尔先生……真有这个必要吗?"

"是的,你为什么问这个?"

瓦莱脸红了。

"我能不能和您一起去?我不希望您一个人留在这个荒蛮的国家。您的情况不太好。"

格德尔没有回答,接着他有些尴尬地,轻轻地耸了下肩:

"您必需尽早走,瓦莱。"

"但是您不能……让谁来一下吗……在您这样的情况下,一个人旅行是不合适的……"

"我已经习惯了。"格德尔干巴巴地咕哝道。

"十七号房,左拐后走廊里的第一间。"楼下的服务生在喊。过了一会儿,灯光灭了。格德尔继续上楼,步履踉跄,仿佛在梦中一般,台阶永远也没有尽头似的。

胳膊又肿又疼。他将箱子放在地上,摸索着找到扶手,靠在上面叫人。可没有人应答。他低声地、气喘吁吁地咒骂了一句,又上了两级台阶,停下来,背贴在墙上,仰着脑袋。

其实箱子不算沉;里面只有几件梳洗用具,一点换洗衣服:在苏联的外省,他经常需要自己拎箱子,自他离开莫斯科之后他就已经非常清楚这一点了……但是,即便这么轻,他似乎也没有一丁点儿气力能将它提起来。他就像一条狗一样精疲力竭。

昨晚他离开了泰伊斯科。旅途如此可怕,他差点想让车子停下来。二十二个小时的行程!"……啊!那辆老破车!"他咕哝着。一辆已经散架的老福特,那样的道路状况,崎岖的山路,几乎根本没办法走。车子快把他的骨头颠散了。傍晚,喇叭也坏了,司机在附近的村庄带上了流浪儿,流浪儿踩在车子的脚踏板上,一只手扶着车顶,两只手放进嘴里吹口哨,从六点一直吹到半夜,一刻都没停过。即便是现在,他似乎还能听得到那口哨声。他带着一种痛苦的表情将手捂在耳朵上。还有老福特发出的丁零咣啷的声音,玻璃震动的声音。仿佛每一次转弯都有散架的危险……等他们终于看到远处颤抖的灯光时,已经是夜里一点钟了。这是个港口,第二天格德尔将在这里登上去欧洲的船。

以前,这里是最重要的小麦出口地之一。他很熟悉这里。二十岁的时候他就来过。正是在这里,他第一次踏上了航海的旅程。

然而现在,港口里只有几艘希腊的汽船和苏联的货船。城市荒芜而贫穷，让人揪心。还有这饭店，阴暗，肮脏，墙上留着弹痕，有一种说不清楚的凶险感。格德尔后悔没有从莫斯科走，在泰伊斯科，别人都这么建议的。这里的船上尽是在全世界兜售地毯和旧皮毛的中东商人。但是一夜很快就能过去。他迫不及待地要离开俄国。明天，他就能到君士坦丁堡了。

他终于进了自己的房间。他发出一声深沉的叹息，打开电灯，坐在能坐下的第一把椅子上，一把生硬的、一点也不舒服的椅子，椅背是黑色木头的，又直又硬。

他太累了，以至于闭上眼睛的一刹那，他几乎失去了意识，他似乎睡着了。这一切大约持续了不到一分钟。他重新睁开眼睛，机械地望着房间里的东西。天花板上的电灯泡受到一阵轻微的、不稳定的电流的干扰，光线在晃动，似乎在风中要熄灭的蜡烛。灯光照着房间里褪色的画儿，画上画的是情侣，以前画上的屁股想来应该是那种很鲜艳的肉色，不过现在已经蒙上了一层灰尘。房间很大，很高，很空旷，家具是黑色木头和红色天鹅绒的，中间一张桌子，上面放着一盏古老的油灯，玻璃罩上一层厚重的、黑乎乎的油迹，上面都是死苍蝇。

自然，墙上都是弹痕。有一侧尤其多，大洞穿透了隔板，石膏墙上都是星状的裂缝，石膏一片片地落下来，仿佛沙子一样。格德尔心不在焉地将手塞进去，然后久久地擦着手，站起身。已经是凌晨三点了。

他走了几步，然后又重新坐下，弯下身想将鞋子脱掉，但是他就这样弯着腰，一动不动，垂着胳膊。脱衣服有什么用呢？他根本睡不着。没有水，他打开盥洗室的龙头。龙头里没有水。房间里热得让人窒息。没有一丝空气。因为灰尘和汗水，他的内衣紧紧地贴在皮肤上。只要他动一动,潮湿的布料就给他的肩头带来一丝凉意。但是,这是一种让人痛苦的凉意,就像要发烧似的。

"主啊,"他想,"我什么时候才能离开这个国家?"

这一夜仿佛没有尽头。还有三个小时。船应该天亮就开。不过晚点是一定的……到了海上,一切会好一些。可以有一点风,一点空气。然后就能到君士坦丁堡。地中海。巴黎。巴黎?想到股市里那些肮脏的嘴脸,他感到一丝快意。"您不知道吗,老格德尔……是啊。谁能想到呢?……他似乎已经完了,那个人……"他仿佛听见他们在说。肮脏的东西……现在泰伊斯科究竟值多少?他想要计算一下,但算不出来……自从瓦莱走了之后,他就没有再听到欧洲的消息了。过一阵……他费力地喘着气。真是奇怪……他无法想象回到欧洲后的生活。过一阵……乔伊……他的脸上掠过一阵痛苦的表情。乔伊……越来越远,也许,等她的丈夫赌输了,或者她自己输了,她就会想起老东西的存在,她回来,拿了钱再重新消失,几个月的时间……他事先故意让瑟东制定了一些限制,这样她就无法动他的资本。"否则从她结婚的那一天直到我死的那一天……"他还没结束。不能有所幻想。乔伊……"我已经尽我所能了。"他高声说,非常悲伤。

他脱掉了高帮皮鞋,走到床跟前,躺下。但是有一阵,他一直没有办法入睡。他喘不过气来。有时他睡着了,但是很快就在梦中窒息了,他醒过来,发出阵阵呻吟的叫声,似乎不是他发出的呻吟,他模模糊糊地听着,仿佛在梦里一样,这声音很可怕,不可理解,带着某种隐隐的、阴暗的威胁。他永远也不会知道,在这些夜晚,是他自己在这样叫,呻吟着,像个孩子。

这一次又是这样。一躺下他就喘不过气来。他费劲地重新站起身来,将椅子拖到窗口,打开窗。窗下就是港口。黑色的水……天开始亮了。

突然,他睡着了。

五点钟,最早响起的汽笛声惊醒了格德尔。

他费力地弯下身,拾起鞋子,又一次转动着仍然空空如也的水龙头。他打了铃,等了一阵,没有人来;箱子里还剩一点古龙水;他将水倒在手上和脸上,收拾起自己的东西,下了楼。

在楼下他才终于叫到杯热茶。付钱之后他走出饭店。

他机械地想要找一辆车。但是城市阒寂无人。海风吹来一层厚厚的黄沙,为建筑物蒙上一层灰,街道上也都是黄沙,踩上去就是一个深深的脚印,仿佛踩在雪里。格德尔示意让一个流浪儿过来,他正赤着脚,悄无声息地走在人行道中央。

"把我的箱子扛到港口。这里没有汽车吗?"

孩子似乎没听懂。但是他扛过箱子,走在前面。

街边的房子都是大门紧闭,窗子外面也钉上了木板。银行、公共的建筑物还在,但都已经改作别的用途了,里面也没人。在墙上,过去帝国的鹰标在石头上留下了痕迹,仿佛一道伤口。格德尔情不自禁地加快了脚步。

他模模糊糊地认出了某些阴暗而古老的小胡同、摇摇晃晃的木头房子。但是现在是多么安静啊……突然,他停了下来。

他们离港口不远。空气里已经有一股强烈的盐和泥沙的味道。这里有个鞋摊,黑乎乎的、小小的鞋摊,窗前挂着一双小铁靴,在风中晃荡,发出吱嘎的响声……就在他住的那个饭店的街角有幢水手找姑娘时租住的房子,房子还在。鞋匠是他父亲家乡的一个表兄;有时格德尔会上他那里吃饭。他还记得很清楚……

他努力想要回忆起他的轮廓。但是他只想起他那有点尖锐和凄厉的声音，也许因为这声音和苏瓦菲尔的声音很像，他仿佛听见他在说：

"留下来，小伙子……你以为那里遍地都是钱等你去捡吗？算了吧，生活在哪里都一样艰辛。"

格德尔情不自禁地将手放在碰锁上，但又缩了回来。已经是四十八年前的事情了！他耸了耸肩，离开了。

"可如果我留下来会怎么样？"

他嘴角浮起笑容。谁知道呢？格劳丽亚做家务，星期五晚上做鹅肝酱饼……他低声咕哝着："生活……"但是这一切是多么奇怪，多少年过去了，今天，他又回到这被世界遗忘的一角……

港口。他熟悉的港口，仿佛他昨晚才离开。海关小小的，几乎要坍塌的房子。搁浅的小船覆盖着一层粗糙的黑沙，沙中都是煤和垃圾的味道……绿色的浊水和过去一样厚重，水里都是西瓜皮和死动物。他登上船，这是一艘小小的希腊汽船，战前专门走巴统到君士坦丁堡这条航线的。这船应该也做过客船，因为它似乎还保留着某种舒适感。船上有个客厅，一架钢琴。但是自从大革命之后，它就只装货了，应该是做那种奇怪的交易。船又脏又破。格德尔在想：

"幸亏旅程不长……"

在甲板上，那些中东商人席地而坐，他们在玩牌，戴着红色的无边圆帽。格德尔经过的时候，他们都抬起头。当中有一个人，晃动着手臂上的一串玻璃珠子，笑着，心不在焉地喊道："买点东西，巴里纳……"格德尔摇摇头，用拐杖轻轻地将他们拨散开去。就在第一次旅行中，他也不知道玩过多少回牌，第一次旅行，那记忆萦绕在他的脑中，那么奇怪，挥之不去，那时他就和这样的人玩牌，晚上，在船的一角……那是很久以前了……人群自动往后退了一点，让他过去。他走到楼下的船舱，望着大海，隔着舷窗叹气。船开了。他坐在自己的铺位上，那只是一张板，上面铺着干草的床垫，坐上去就吱吱嘎嘎地响。如果天气好，他情愿在甲板上过夜。但是海风呼啸。船在风中摇晃着，舞蹈着。格德尔心怀仇恨地望着大海。他是多么厌倦这永远在他身边动荡、移动的世界啊……火车车厢外和汽车外飞快掠过的大地，还有这海浪，发出令人焦灼的动物一般的尖叫，秋天来临时这天际的青烟。确立一成不变的视野，一直到死……他呢喃道："我太累了。"他本能地犹豫着将两只手按在胸口——那是心脏病人的动作。他往上撸着胸口，仿佛这样能够将心脏提上一点，就像一个孩子，一头濒死的动物，一台破损的、顽固的机器，他的心脏在衰老的肌肉里衰弱地跳动着。

突然，船剧烈摇晃了一下，他觉得船开始仿佛停顿了一下，接着就以更快的速度往前开去，太快了……就在同时他感觉到左肩一阵剧烈的疼痛。他的脸色发白，脑袋一直伸在前面，仿佛是恐惧，就这样等了很长时间。他呼吸的声音似乎填满了整个船舱，甚至盖过了海风和波涛的声音。

渐渐的，这一切减缓下来，平静下来，直至完全消失。他努力挤出一个微笑，高声说：

"没什么，都过去了。"

他费力地喘着气，更轻柔地叹道：

"结束了……"

他站起身，身体有些摇晃。外面，天和海在慢慢地暗下来。

船舱里已经是一片漆黑,就像黑夜一样。只是从舷窗里射进一缕奇怪的绿色微光,混浊,暗淡,照不亮任何东西。格德尔摸索到自己的大衣,穿上后出了船舱。他将两只手伸出去,像个瞎子。每次,海浪打在船上,船就会整个地颤抖起来,先是竖在海浪上,接着又沉下去,仿佛很快就要沉没在水中一般。他费力地登上右边又直又陡的通向甲板的舷梯。

"当心点,同志!……上面风很大。"一个水手一边跑下来一边叫。格德尔闻到他身上有一股强烈的烧酒的味道。

"上面晃得厉害,同志……"

"我习惯了。"格德尔干巴巴地说道。

但是他真的费了很大劲才来到甲板。海浪敲打着轮船。在甲板的一角,中东商人们盖着一块已经湿透的防雨布,缩成一团,彼此相连地躺着,像一群毫无生气的动物一般颤抖着,一动不动。有个人看到格德尔,抬起头,用呻吟的、尖锐的声音喊了点什么,但是声音很快消失在海浪声中。格德尔做了个手势,表示没有听见。那个人又用更大的声音重复了一遍,那张发青的脸缩紧了,脸上只见一双发光的眼睛咕噜咕噜转着。接着那个人他突然感到一阵恶心,重新跌倒在地,就这么躺着没动,躺在他的那张老羊皮上,在一堆货物和躺倒的人群中。

格德尔走过他们。

很快他就不得不停了下来。他仍然站着,弯向一边,仿佛被风吹弯的一棵树,他的脸往前伸着,唇上沾满了海风送来的又咸又涩的味道。但是他睁不开眼睛;他两手紧紧抓住冰凉的、湿乎乎的铁杠,手指都冻坏了。

海浪每撞击一下,船似乎就又往下沉了一点,仿佛要在大海的撞击下一裂两半,船的侧面发出一阵长长的、撕心裂肺的、喑哑的声音,有时甚至盖过了海风和海浪的声响。

"好啊,"格德尔想,"我还没经历过呢……"

但是他没有动。他带着一种隐隐的快意,任凭狂风晃动着他的身体。海水夹杂着雨水打湿了他的面颊和嘴唇,他的头发和眉毛上都是盐粒。

突然,他听见身边有个声音在叫,但是狂风之下根本听不清那个人在说什么。他勉强睁开眼睛,模模糊糊地看见一个男人弯着身,用双臂环着铁杠,牢牢地抓住。

一阵海浪打来,一直涌到格德尔脚上。他感觉海水进了眼睛和嘴巴。他往后退了一大步,男人也跟着他往后退。他们费力地下了楼梯,每走一级,他们就被海风弹到墙上,动弹不得。那个男人用惊惶的俄语叫道:

"什么鬼天气……哦!什么鬼天气,我的上帝啊……"

天更暗了,格德尔只能看到面前的人穿着拖地的雨衣,但是他听出了这极富音乐性的口音,每说一句话都像在唱歌似的。

"第一次出海?"他用英语不无蔑视地问道,"犹太人?"

那个人神经质地笑着:

"是啊,"他快乐而激动,"您也是吗?"

"我也是。"格德尔说。

他坐在固定在墙上的破天鹅绒沙发上。那个人仍然站在他面前。他将冻麻的手伸进外套口袋,摸出香烟盒,打开递给那人:

"拿着。"

擦燃了一根火柴后,格德尔将火稍稍举高了一点,他望着眼前这张脸,小伙子很年轻,几乎还是个孩子,只见他面色苍白,一只长长的、有些忧伤的鼻子，浓密的、黑色卷发，焦虑的、灵活的、高烧般的大眼睛。

"从哪里来？"

"克雷姆内茨，先生，在乌克兰。"

"我知道。"格德尔小声说。

以前，那是一个悲惨的村庄，泥浆里涌动着一群群黑色的猪，其中还混杂着犹太孩子。想来现在也不该有什么大变化。

"那么你要离开了？……永远？……"

"哦，是的。"

"现在为什么还要走呢？那是我年轻时候流行的，这个！"

"啊！先生，"小犹太人用滑稽而痛苦的口音说，"难道我们这些人就永远没有改变了吗？我，先生，我是个正直的小伙子，而我前天才从监狱里出来。为什么？因为我接到命令，押送一车皮的'蒙邦西埃'，从南方到莫斯科，您知道这种水果糖吗？当时是夏天，非常热，车厢里所有的产品都化了。等我到了莫斯科，糖从木头盒子里流了出来。但这难道是我的错吗？我蹲了十八个月的监狱。现在我自由了，我要去欧洲。"

"你多大？"

"十八岁，先生。"

"啊！"格德尔慢慢地说，"和我走的时候差不多大年纪。"

"您也是这个地区的？"

"是的。"

小伙子没再说话。他贪婪地吸着烟。在阴影中，借助香烟红色的光，格德尔看到他充满活力的手在摇晃。

他重新开口说道：

"第一次……你这是去哪里？"

"先去巴黎。我在巴黎有个表亲，做裁缝的。战前他就在那里了。但是等我有了一点钱以后，我要去纽约！纽约！"他带着某种狂热重复道，"那里！……"

但是格德尔没在听他说。他只是望着他，带着某种隐隐的、痛苦的快意望着这个站在他面前的小伙子，望着他摇来摇去的手和肩。身体永远停不下来似的摇着，颤抖着，匆匆忙忙的声音，永远要吞掉几个词，这种狂热，年轻的、精神病一般的精力……他也曾经这样，他，他这个种族特有的贪婪而纵情的青春……这一切都已经遥远……他突然说：

"你知道吗？你会饿死的。"

"啊！我已经习惯了……"

"是的……但是那里还要艰难……"

"那又有什么关系？一切会很快过去的……"

格德尔突然大笑起来，干巴巴的刺耳的笑声，仿佛鞭打一般。

"啊！是的，你以为是这样的，是吗？……蠢货……这种日子会持续好多年，好多年……就算在这之后，一切在实质上也不会有多少改善……"

小伙子用一种低沉的、狂热的声音说：

"在这之后……就有钱了……"

"在这之后我们筋疲力尽，"格德尔说，"像只狗一样孤独，如同我们所经历的……"

他突然停下来，脑袋向后仰去，发出窒息般的呻吟声。他又感觉到了肩头的这份剧痛，还有心脏，似乎随时都会停止跳动……

他听见小伙在低声说：

"您不舒服吗？……您晕海吧……"

"不，"格德尔虚弱地说，似乎一个个地往外吐词，费尽气力，"不……我有心脏病……晕海，你瞧……"

他费力地喘着气。说话令他非常难受……嗓子撕裂了一般……再说，说这一切对于这个小傻瓜又有什么意义呢，过去，他的过去？……生命是不同的，现在也许更容易……再说他才无所谓这个小犹太人怎么样呢，我的上帝啊……他虚弱地说：

"晕海，你瞧，我的小伙子，所有这些蠢事……等你像我这样漂泊了一生之后……啊！你想变得富有吗？……"

他用更低的声音说：

"瞧瞧我。你觉得有必要吗？"

他听凭自己的脑袋歪在胸口上。有一阵，他觉得海风和海浪的声音渐渐远去了，变成一种喧杂的音乐声……他突然听到小伙子惊惶地叫道："救命啊！"他站起身，强烈地摇晃着，接着他伸出两只手，在空中比划。他倒在地上。

午夜时分,他终于醒过来,夜色沉沉,仿若海水一般。他睡在自己的船舱里,身子朝下躺着。有人将卷成一团的大衣盖在他背上,并且将衬衫一直解到胸口。起先他以为自己是一个人。接着,由于他猛地转过脸,小犹太人的声音在他身后响了起来:

"先生……"

格德尔动了一下。小伙子冲他弯下身。

"哦!先生,您好些了没有?"

格德尔嚅动着嘴唇,好一阵子没能说出话来,仿佛他已经忘记了人类语言的形式与声音。终于,他小声道:

"打开灯。"

电灯亮了之后,他费力地叹了口气,动了动身子,接着他呻吟起来,沉重而机械地在胸口找寻心脏的位置,但是他的手重新垂下来。他用另一种语言含糊不清地说了几句话,接着他似乎完全清醒过来。他睁开眼睛,用异常清晰的声音说道:

"把船长找来。"

小伙子走了。格德尔一个人待着。一阵更为猛烈的海浪打在船上,他呻吟了一下。但是船体的摇晃渐渐平息下来。透过舷窗可以看见外面天色渐渐在放亮。格德尔精疲力竭地闭上眼睛。

船长,一个喝得醉醺醺的壮汉进来时,他似乎已经睡着了。

"什么?他死了?"希腊船长骂了一句粗话问。

格德尔渐渐将茫然的脸转向他,他的脸已经失去血色,双唇青紫,闭得紧紧的。他小声说:

"停下……船……"

由于船长没有回答,他用更大的声音重复了一遍:

"停下来。您听见了吗?"

在半闭的眼皮下,他的眼睛在颤抖,如同火焰一般闪闪发亮,以至于船长误解了,他耸耸肩,用和活人说话的语调说道:

"您疯了。"

"我给您钱……我给您一千里弗尔。"

希腊人嘟哝道:

"好了……他糊涂了……又开始了……我真是活见鬼了……我究竟为什么带上了这么个东西?……"

格德尔嘟哝着:

"靠岸……"

接着:

"你们是不是想让我一个人死在这里,就像一头动物?恶狗……"

接着是一些谁也听不懂的词。

"船上没有医生吗?"小伙子问道,但是船长已经走远了。

小犹太人靠近格德尔,他奇怪地喘息着,声音很急促。

"耐心等一会儿,"他柔声说道,"我们很快就要到君士坦丁堡了……现在船开得很快……暴风雨停了……您在君士坦丁堡认识什么人吗?那里有没有亲人?或者随便什么认识的人?"

"什么?"格德尔嘟哝着,"什么?"

最后他似乎已经听明白了,可还只是重复道:

"什么?"接着他不再说话。

小伙子继续神经质地小声说:

"君士坦丁堡……这是个大城市……在那里你可以得到很好的治疗……您会很快康复……别害怕。"

但就在这一刻,他明白过来,老格德尔要过去了。在他蜷成一团的胸口,第一次发出一种死人的喘息声。

这一切持续了将近一个小时。小伙子一直在发抖。但他没有离开。他听着垂死之人的喘息,一种深沉而粗鲁的咆哮,一种难以理解的力量,仿佛完全陌生的生命占据了这身体。

他在想:

"再过一阵……再过一阵。然后就会停下来……我就离开他……因为我连他的名字都不知道,我的上帝啊……"

接着他看了一眼他鼓鼓囊囊的英式钱包,格德尔倒地的时候,钱包滚落在地上。小伙子弯下身,捡起钱包,打开瞥了一眼,接着叹了口气,屏住呼吸,将钱包轻轻地塞进格德尔张开的手中,这是一只死人的手,巨大的、沉重的、冰凉的手。

"谁会知道呢?就这样……死前他应该会清醒一下……他可能会把这钱留给我……谁知道呢?谁能知道呢?是我一直把他拖到这里的。他一个人。"

他重新开始等待。随着夜晚的来临,大海平静起来。轮船静静地在海上行驶着。暴风雨过去了。"夜晚会很美丽的。"小伙子想。

他伸出手,碰了碰垂在他面前的手腕;他的脉动如此脆弱,手表——格德尔手上戴着一只手表,表带是皮的——的声音似乎要将它淹没似的。但是格德尔还活着。身体死去得很慢。他还活着。他睁开眼睛,说话。但是,在他的胸口,空气总是和他那阴森、冰冷的声音混作一团,仿佛一阵雷声。小伙子冲他弯下身,听他说话。格德尔说了几个俄文词,接着突然,他开始说意第绪语,这是他童年的语言,已经忘却了,此时突然冲到了唇边。

他说得很快,含混不清,声音很奇怪,时不时会被一阵嘶哑的呼吸声切断。有时他会停下来,将手一直抬到喉咙口的位置,仿佛要将某个看不见的重物拿开。他的一半脸一动也不动,但是眼睛睁开了,呆滞的,定定的,另一半脸还活着,热得发烫。汗水不停地沿着他的面颊流下来。小伙子想要替他擦去汗水。格德尔呻吟道:"随他去吧……没有什么必要了……听好了。到巴黎后,你去找瑟东公证人,奥贝尔街28号。你对他说:大卫·格德尔死了。重复一遍,再重复一遍。瑟东。公证人瑟东。把我箱子里和皮夹里的东西都给他。告诉他,想办法让……我的女儿享有最为有利的继承条件……然后你去杜宾根那里……等等。"

他喘着粗气。他的嘴唇在嚅动,但是小伙子什么也听不见。他已经冲他那么近了,已经闻到从他嘴里散发出来的高烧的味道和死人的气息。

"大陆饭店。登记的名字用的是约翰·杜宾根。大陆饭店。"

小伙子匆匆从口袋里拿出一个旧信封,撕下信封背面,将两个地址记上去。格德尔用他那越来越低的声音命令道:

"你对他说,大卫·格德尔死了,对他说请他安排好……我的女儿……说我信任他……"

他没再说下去。他翻动着眼睛,眼睛里全是阴影。

"还有……不。就这样。所有的都交代完了。这样很好。"

他看着小犹太人拿在手中的纸。

"给我……我要签字……这样也许比较好……"

"可您签不了。"小伙子说。但是他还是拿过格德尔的手,将铅笔塞在他虚弱的手中。

"您签不了字。"他重复道。

垂死的人咕哝道:"格德尔……大卫·格德尔……"声音中有一种迷茫,一种可怕的顽固。名字,也许,组成这名字的音节在他的耳边回响着,仿佛是属于另一种语言的词语,那么陌生……但是,他竟然签完了。

他还在喘气。

"我把身上所有的钱都给你。但你发誓会完全按照我所说的去做。"

"是的,我发誓。"

"在上帝面前,上帝听见你的誓言,"格德尔说。

"在上帝面前。"

他的脸上一阵抽搐,血从他两侧的嘴角流淌出来,流在他的手上。喘息声停下了。小伙子不安地高声说道:

"您还能听见我说话吗,先生?"

傍晚的光线照在舷窗上,落在格德尔后仰的脸上。小犹太人打了个寒战。这一次真的结束了。格德尔的手上还一直拿着皮夹,皮夹已经打开。小伙子一把抓过皮夹,数了数里面的钱,塞进自己的口袋。接着他将记下两个地址的信封塞进贴身的皮带里。

"他真的死了吗?"他在想。

他将手伸向敞开的胸口,但是他的手实在抖得厉害,根本无法感觉他的心跳。

他就这样扔下他走了。仿佛怕惊醒他一般,他踮着脚尖一直退到门口。接着,他飞也似的逃了,没再转过身。

格德尔一个人躺着。

他已经如同死人一般身体冰凉,一动不动。但是死神还没有完全占据他的身体,死亡不是突然来临的,如同一阵海浪那般。他能够感觉到自己慢慢失去了声音,失去了人类的热气,失去了作为人的意识。可一直到生命终结之时他仍然能够看见。他看见夕阳如何照耀着海面,看见海水闪闪发光。

而在他心里,直至他最后一口气的时候,他的眼前不停地掠过一幅幅画面,随着死神的接近,这些画面越来越淡,越来越暗。有一阵子,他似乎触到了乔伊丝明亮的头发。接着,她离他而去,他沉入黑暗之中的时候,她抛下了他。最后一次,他似乎听见了她银铃般的笑声,轻柔温和。接着他忘了她。他看见了马居斯。看见其他人的脸,模模糊糊的形状,就像在黄昏中被水波带走了一般,旋转了一阵就消失了。最后,他看见的只是一条阴暗的小街,点起灯火的店铺,他童年的小街,贴着冰凉的玻璃窗的蜡烛,晚上,雪花落下来,还有他自己……他感觉到厚厚的雪花钻入他的嘴中,在他的嘴中融化,那种冰和水的味道,和过去一样。他听见有人在喊他:"大卫,大卫……"声音被淹没在雪中,天沉沉的,那阴影,那越来越弱的,仿佛自己转了个弯,突然碎了的声音。这尘世最后的声音就这样钻入他的内心深处。

舞　会

一

康普夫人走进学习室,她猛地将身后的门带上,以至于水晶吊灯都发出了响声,穿堂风摇动着水晶吊坠,那声音如同铃铛般清脆悦耳。但是安托瓦内特仍然没有放下手中的书,她弯着身子,几乎趴在桌子上,头发已经扫到了书页。她母亲一声不响地看了她一会儿,接着,走到她面前,抱着双臂叫道:

"看见你母亲的时候,你能够暂时放下手中的事情吗?行吗?你的后背粘在椅子上了吗?这举动还真够高雅的……贝蒂小姐在哪里?"

隔壁房间传出缝纫机的声音,和着那节奏,有人在哼唱一首歌:我可怎么办,我可怎么办,如果你要离开①……歌声不是那么悦耳,一股生硬的味道。

"小姐,"康普夫人喊,"请过来一下。"

"是的,康普夫人。"

一个英国女人从微开的门里溜了进来,她个子不高,脸颊红润,一对温柔的眼睛诚惶诚恐,小小的圆脑袋上盘了个蜜色的发髻。

"我请你来,"康普夫人的语调非常严厉,"是为了看管和教导我的女儿,不是吗?我可不是让你来做裙子的……安托瓦内特难道不明白,妈妈进来的时候,她应该站起来吗?"

---

① 原文为英文。

"哦！安托瓦内特，你怎么能这样？①"小姐叫道，声音仿佛悲伤的鸟鸣。

安托瓦内特这会儿站了起来，重心在一侧的腿上，兀自有点摇晃。这是一个十四岁的女孩儿，瘦瘦高高，面色和所有这个年龄的女孩儿一样有些苍白，一张丝毫不会引起他人注意的脸，仿佛一个明亮的圆点，没有棱角，一双成人的眼睛，眼皮低垂，眼睛几乎看不见，小小的、紧闭的嘴……十四岁，在略微有些显紧的校服下，乳房已经开始发育，似乎与瘦弱、稚嫩的身体很不协调……脚很大，瘦长的双臂上是一双红红的手，手指上沾的全是墨迹，也许有一天，这将是世界上最美的双臂，谁知道呢？……柔弱的颈背，几乎没什么颜色、又干又轻的短发……

"你明白吗，我可怜的孩子，到头来你的行为举止真是令人绝望……坐下来。我再进来一次，这一次你能不能立刻站起来，让我高兴高兴？你听见了吗？"

康普夫人后退了几步，再一次推开门。安托瓦内特慢吞吞地站起来，看得出来极不乐意，以至于她妈妈咬紧了嘴唇，用一种威胁的语调问道：

"这就让你那么难受吗，小姐？"

"不，妈妈，"安托瓦内特低声回答。

"那你这张脸是做给谁看的？"

安托瓦内特努力挤出了一个微笑，无奈而勉强，脸上的轮廓都有些变形。有时候，她真是恨透了大人，恨不得杀了他们，把他们的头挤扁，或者在他们面前一边跺脚一边放声大叫："是的，

---

① 原文为英文。

你让我不舒服了"。但是她从很小的时候开始就害怕自己的父母。以前，安托瓦内特小的时候，母亲还经常让她坐在腿上，把她抱在怀里，亲她逗她，只是对这些，她都已经记不得了。而在她的内心深处，她记得的是头顶上传来的母亲愤怒的、爆发的声音："这个小东西老是碍手碍脚的……""我的裙子又被你弄脏了，你的脏鞋子！滚到角落去，反省一下，你听到没有？小蠢货！"有一天……那一天，她第一次产生了想死的感觉……那是在一条街的拐角，母亲又在发脾气，那句话，她叫得那么响，以至于行人纷纷转过头来："你想吃耳光，是吗？"接着就是一记热辣辣的耳光……就在大街上……她十一岁，可看上去不止十一岁……行人，那些大人，那倒还没有什么……然而就在那会儿，学校里走出一群男孩子，他们看着她，笑话她："好啊，我的老姑娘……"这嘲笑声一直萦绕在她的耳边，她低着头走在街上，秋天昏暗的街道上……泪眼蒙眬中，灯光在旋转。"你还哭个不停？……哦，性格真是坏透了！……我教育你是为你好，不是吗？啊！别再让我生气了，我警告你……"这些大人真是肮脏……现在也是如此，他们就是想要折磨她，让她感到痛苦，污辱她，从早到晚，他们总是不停地斥责她："你是怎么拿叉子的？"（在仆人面前，我的上帝啊。）或者"直起腰来。至少别像个驼背似的。"她已经十四岁了，是个大姑娘，在她的想象中，她应该是一个美丽的、惹人怜爱的女人……应该得到男人的爱抚和欣赏，就像在书中，安德烈·斯佩莱里爱抚海伦娜和玛丽一样，还有朱利安·德·绪贝索、莫·德·鲁夫尔……爱情……她颤抖了，而这时，康普夫人也正讲到最后：

"……如果你以为，我给你请一个英国的家庭教师来，就是为了让你有这样的举止礼仪，那就错了，我的小姑娘……"

接着她将女儿垂在前额的一绺头发拨了上去，声音低了一点：

"你总忘了我们现在是有钱人，安托瓦内特……"她说。

她转向英国小姐：

"小姐，这个星期您的任务很重……十五号我要开个舞会……"

"舞会。"安托瓦内特喃喃道，睁大了眼睛。

"是的，"康普夫人微笑着说，"舞会……"

她骄傲地看着安托瓦内特，然后她偷偷指了指英国小姐，皱起眉头问：

"至少，你应该没对她说过什么吧？"

"没有，妈妈，没有。"安托瓦内特兴高采烈地说。

她知道母亲一直以来都很担心。两年前，阿尔弗雷德·康普凭借在股市一次非常漂亮的投机——先是押对了法郎贬值，接着又在一九二六年押对了英镑贬值，一家借此发了财，离开了老法瓦尔街。原本，每天早晨，安托瓦内特都会被叫进父母的房间；母亲总是还躺在床上描指甲；而父亲呢，则在隔壁的盥洗室里，父亲是那种又瘦又小的犹太人，长着一双生动的眼睛，他在盥洗室里刮胡子、梳洗，动作非常之快，他做所有的事情动作都很快，因此他在证券交易所的那些德国犹太同行都戏称他为"火"①。多少年来，他一直在证券交易所的台阶上跳来跳去……安托瓦内特知道父亲以前曾经是巴黎银行的职员，更早一

---

① 原文为德文。

点，是银行大门口的门童，穿着蓝色的制服……就在安托瓦内特出生前不久，他娶了老板的打字员——她已经是他的情人了——罗西娜小姐。十一年来，他们一直住在法兰西喜剧院后面一套小小的、黑乎乎的公寓里。安托瓦内特仍然没有忘记晚上的场景，她在餐厅桌子上写作业，保姆就在厨房丁零咣啷地洗碗，灯下，康普夫人趴着读小说，大大的吊灯，顶端吊着个毛玻璃灯泡，散发出煤气灯特有的那种强光。有时，康普夫人会发出一声恼火的叹息，那么大声，那么突然，安托瓦内特总是会被她吓一大跳，从椅子上跳起来。康普先生于是问："你又怎么了？"罗西娜回答道："有些人活得那么舒服，那么幸福，而我，我生命中最美好的年华都是在这脏乎乎的洞穴里给你补袜子……一想到这些，我就难过……"

康普耸耸肩，什么也不说。于是，罗西娜就经常把火气转到安托瓦内特身上："你听什么？大人说话和你有什么关系吗？"她总是气急败坏地嚷嚷。接着，她就总结说："是的，我的姑娘，如果你在等你爸爸挣大钱，你就等着吧，事情还早着呢，从我们结婚开始，他就保证过了……等你长大了，你仍然还在这里和你可怜的妈妈一样，在这里等着……"而母亲在发"等"这个词的时候，她那生硬、紧张、不快的脸部轮廓上总会掠过一种悲痛的表情，如此深沉的悲痛，她几乎出于本能地要将嘴唇伸向母亲。

"我可怜的小东西。"罗西娜总是抚摸着她的前额说。但是有一次，她大叫道："啊！让我安静一会儿，好吗？你让我烦透了；你真是让人不快，你也一样……"除了早晨和晚上的问好外，安托瓦内特从来没有亲过母亲，别的父母和孩子之间会很自然地亲吻，就像陌生人之间的握手礼一样，这种吻对安托瓦内特来说想都不用想。

接着有一天，他们成了富人，突然之间，她还从来没搞明白这究竟是怎么一回事。一家人于是搬到了这套明亮的大公寓里，她母亲将头发染成了一种令人耳目一新的美丽的金色。安托瓦内特总是战战兢兢地看着这一头令她感到如此陌生的金灿灿的头发。

"安托瓦内特，"康普夫人总是命令她说，"再重复一遍，如果有人问你去年我们住在哪里，你怎么回答？"

"你真蠢，"康普总在隔壁盥洗室里说，"你指望谁会和小东西说话？她谁都不认识。"

"我很清楚自己在讲什么，"康普夫人提高了嗓门说，"还有仆人呢？"

"如果我看到她和仆人吐露一个字，我就找她算账，你听见了吗？安托瓦内特？她知道她应该什么都不说，一心读书就可以了，就只是读书。在别的事情上，我们对她没有要求……"

然后康普转向自己的妻子说：

"她一点也不蠢，你知道吗？"

但是，只要他一走，康普夫人便又开始教育安托瓦内特：

"如果有人问你什么，安托瓦内特，你就说去年一年我们都住在南方……你没有必要明说是戛纳还是尼斯，只说南方就行了……除非有人问你；如果有人问你，那最好是说戛纳，那是最高贵的……但是，自然，你父亲说的是对的，首先最好什么都不说。对大人，小孩说得越少越好。"

然后她摆摆手将她打发走，漂亮的光溜溜的手臂，手臂上的钻石手镯在闪闪发光，这是丈夫才送给她的礼物，除了洗澡的时

候,她几乎一直戴着。安托瓦内特正朦朦胧胧地回想着这一切,这时,她母亲突然问英国小姐:

"至少安托瓦内特的字写得应该不错吧?"

"是的,康普夫人。"

"为什么问这个?"安托瓦内特羞涩地问。

"因为,"康普夫人解释道,"今天晚上,你可以帮我写信封……我要发将近两百封邀请函,你明白吗?我一个人可做不了……贝蒂小姐,我允许安托瓦内特今晚比平常晚一个小时睡觉……"她转向女儿接着问道:"我想你一定很高兴。"

但是安托瓦内特什么也没说,又沉浸在自己的遐想里。康普夫人耸耸肩。

"她总是这样云里雾里的,这个小家伙,"她评论道,"舞会一点也没有令你感到骄傲吗?你父母召开的舞会?恐怕你真是个没什么感情的人,我可怜的女儿。"她就此结束了谈话,叹口气,走出房间。

二

平常九点钟,英国小姐就会领着安托瓦内特去睡觉,但是今天晚上,她和父母一起留在客厅。这间客厅她平日里很少进来,她专心地看着白色的护壁板和金光闪闪的家具,仿佛进了一幢完全陌生的房子。她母亲指指一张独脚小圆桌,上面放着墨水、笔、一沓卡和信封。

"坐下。我来报地址,你来写。"

她转向丈夫,高声说:"您来吗,我亲爱的朋友?"因为这会儿仆人应该正在隔壁的房间撤餐具,在仆人面前,这几个月以来,夫妻俩之间一直以"您"相称。

等到康普先生走近,罗西娜在他耳边轻声说:"算了,把仆人打发走吧,行吗?他让我感到不自在……"

接着,因为突然撞到了安托瓦内特的目光,她的脸噌地红了,高声命令道:

"乔治,您快收拾完了吗?把剩下的整理好您就可以上楼去了……"

然后,大家都没有再说话,三个人凝固在各人的椅子上。仆人走了后,康普夫人长舒一口气。

"说真的,我讨厌这个乔治,我也不知道是为什么。每次他在桌边侍候我们用餐,只要感觉到他在我背后,我就吃不下饭……你能不能不那么愚蠢地笑,安托瓦内特?好了,我们工作吧。宾客的名单在你这儿吗,阿尔弗雷德?"

"是的,"康普先生说,"但是等我把外套脱了,我觉得热。"

他妻子说:"尤其注意不要把衣服落在这里,像上次那样……我可从乔治和露西脸上的表情看出来了,他们觉得很奇怪的,在客厅里只穿衬衫不穿外套……"

"我才不在乎仆人的想法呢。"康普先生嘟哝道。

"你错了,我的朋友,好名声坏名声都是他们散播的,从一个地方到另一个地方,聊着聊着就出来了……否则我永远也不可能知道第三个……男爵夫人……"

她压低了声音,在康普先生耳边说了几个词,尽管安托瓦内特伸长耳朵也没能听见。

"……如果露西这三年不是待在她那里……"

康普先生从口袋里拿出一张全是名字画满了道道的纸。

"我们从我认识的人开始,是吗?罗西娜?听好了,安托瓦内特。邦宇尔先生及夫人。我不知道他们的地址,电话地址簿在你手上,你查查……"

"他们很有钱,是吗?"罗西娜不无尊敬地小声问道。

"很有钱。"

"你……觉得他们真的愿意来吗?我不认识邦宇尔夫人。"

"我也不认识。但是我和她丈夫有生意上的往来,这就足够了……听说邦宇尔夫人很漂亮,再说在她那个圈子里不太露面,自从她卷入那桩事件之后……你知道的,就是两年前在布洛涅森林的那些个放荡聚会。"

"阿尔弗雷德,注意点,小……"

"她又不懂。写,安托瓦内特……不过从这个女人开始应该很好……"

"不要忘了奥斯提埃夫妇,"罗西娜大声说,"似乎他们组织了不少相当盛大的节日聚会……"

"奥斯提埃·达拉西翁夫妇，拼写时有两个r，安托瓦内特……我可不能替这两个人打保票。他们表面上一本正经的样子，装得很……这个女人以前……"

他做了个手势。

"不可能吧？"

"真的。我认识一个人，那个人以前在马赛的妓院里见过她……真的，真的，我向你保证……但那是很久以前的事情了，大约二十年前；她结婚以后彻底改变了，交往的都是非常好的人，而且在人际关系方面她相当注意……这是一条基本的准则，十年之后，以前过着放荡生活的女人几乎都能变成这样……"

"我的上帝啊，"康普夫人叹了口气道，"真是够难的……"

"要懂得方法，我亲爱的……第一次招待会必须人多，越多越好，能有多少就叫多少……到了第二次第三次我们才能有所筛选……这一次必须尽可能找人来……"

"但是，至少我们必须保证所有人都会来……如果有人拒绝来，我想我会羞愧而死的……"

康普先生的脸上涌现出一个静默而古怪的笑容。

"如果有人拒绝来，你下次再邀请他，如果还是拒绝，那你还要继续邀请……你要我对你说什么好呢？实际上，要想在这个世界有所前进，必须严格遵守《福音书》上的教诲……"

"什么教诲？"

"如果有人打了你一记耳光，你就把另外半边脸伸给他……尘世是基督教谦让准则的最好学校。"

康普夫人似乎被震住了："我在想，所有这些蠢念头，你都是从哪里弄来的。"

康普先生笑道：

"好了，好了，我们接着来……纸的这头有几个地址，你只需要抄上去就行了，安托瓦内特……"

康普夫人冲女儿的肩弯下身去，女儿一直埋头在写：

"的确，她的字写得非常好，非常规整……对了，阿尔弗雷德，朱利安·纳桑先生不是那个因为欺诈案入狱的人吗？……"

"纳桑？哦，是他。"

"啊！"罗西娜有些惊讶地嘟哝着。

康普先生说：

"你怎么会一点也不知道呢？他早就已经恢复名誉了，到处都能看见他，这是个可爱的小伙子，而且绝对是个一流的生意人。"

"朱利安·纳桑先生，奥什街23号，"安托瓦内特重新念了一遍，"接下去呢？爸爸？"

"只有二十五个人，"康普夫人哼哼着，"我们永远也找不到两百个人，阿尔弗雷德……"

"当然能，当然能，不要那么紧张。你的客人名单呢？你去年在尼斯、多维尔、夏莫尼克斯认识的所有人……"

康普夫人拿起了桌上的一本便笺簿。

"莫伊斯伯爵，雷维·德·布鲁奈莱斯奇先生、夫人和小姐，迪卡拉侯爵：这是雷维夫人养的小白脸，一般要请都是两个人一起请……"

"但是这当中至少应该有一个丈夫吧？"康普先生不无疑虑地问道。

"我明白,这些都是好人。你要知道,还有其他侯爵的,有五个……里盖斯·伊·埃尔莫萨侯爵,……侯爵……对了,阿尔弗雷德,在说到他们的时候,是不是要带上他们的爵位,我觉得这样比较好,是不是?当然不是像仆人们叫的那样,说侯爵先生,而是说:亲爱的侯爵,我亲爱的伯爵夫人……否则别人甚至察觉不到我们招待的都是有爵位的人……"

"那我们还不如在他们的背上粘个标签呢,是吗?你喜欢这样吗?"

"哦,你又来了,这些愚蠢的玩笑……好了,安托瓦内特,快点抄完这些,我的小姑娘……"

安托瓦内特写了一会儿,接着她大声念道:

"乐芬斯坦-雷维男爵和男爵夫人,杜布瓦利埃伯爵和伯爵夫人……"

"就是亚勃拉姆和芮蓓卡·比尔博姆,他们买了这个爵位,真是愚蠢,不是吗?叫什么杜布瓦利埃?……如果是我,我……"

她沉浸在深深的遐想之中。

"康普伯爵和伯爵夫人,就这么简单,"她喃喃道,"听上去不错。"

"再等一等,"康普先生劝说道,"十年之内不要……"

但是罗西娜兀自在一堆名片中挑拣,名片乱七八糟地扔在一个周围镶有金色铜质中国龙的孔雀石盘子里。

"不管怎么说,我很想知道这些人到底是谁,"她低声嘟哝道,"这是我在新的一年里所收的名片……有不少是我在多维尔认识的小白脸……"

"当然得尽可能让他们来,这样可以占满整个房子,而且他们打扮得也很体面……"

"哦,我亲爱的,你又在开玩笑,他们都是伯爵、侯爵,至少也是个子爵……但是我无法将他们的名字和人对上号……他们看起来都差不多。但是实际上这也无关紧要,你也看到了,罗特万·德·菲耶斯科家是怎么做的,对所有人他们都说同样一句话:'我非常高兴……'再说,如果我们不得不替别人互相介绍,说到名字的时候我们糊弄一下也就得了……那样的场合根本什么也听不清楚……瞧,安托瓦内特,我的小姑娘,这工作很简单,所有的地址都在名片上写着……"

"但是,妈妈,"安托瓦内特打断她说道,"这可是地毯商的名片……"

"你在说什么呢?给我看看。是的,她说得对;我的上帝啊,我的上帝啊,我真是昏了头了,阿尔弗雷德,我向你保证……你已经写了多少了,安托瓦内特?"

"一百七十二个,妈妈。"

"啊,竟然也有这么多了!"

康普夫妇同时发出了满意的叹息,微笑着互相看了看,仿佛两个演员,在观众呼唤后第三次出来谢幕,倦怠的神情之中既有幸福,也有得意。

"还不算坏,不是吗?"

安托瓦内特羞涩地问道:

"这个,这个伊莎贝尔·科塞特小姐,是不是'我的'伊莎贝尔小姐?"

"是的,就是她……"

"哦！"安托瓦内特叫道，"你为什么要邀请她？"

问完她就涨红了脸，几乎预感到等待她的一定是母亲一贯干巴巴的回答："关你什么事。"但是这次康普夫人却有点尴尬地解释道：

"这是一个很好的姑娘……得让大家高兴高兴……"

"她很恶毒。"安托瓦内特抗议道。

伊莎贝尔小姐是康普家的一位表亲，在好几家靠做股票发财的犹太人家做音乐老师，这是一个瘦瘦的老小姐，身体笔直僵硬，仿佛一柄雨伞，教安托瓦内特钢琴和乐理。她极度近视，但是从来不戴眼镜，因为她很为自己美丽的眼睛、浓密的眉毛而骄傲，她总是将自己又尖又长、青得如同米粉的肉鼻子贴在五线谱上，只要安托瓦内特弹错了，她就会毫不留情用她那把乌木尺子敲安托瓦内特的手指，那尺子和她一样又平又硬。她就像一只老喜鹊一般刻薄，而且爱打听闲事。每次上课前的晚上，在晚祷时（安托瓦内特的父亲结婚后皈依了天主教，因此安托瓦内特是在天主教习俗中长大的）安托瓦内特都虔诚地祈祷："上帝啊，但愿伊莎贝尔小姐今天晚上就死。"

"小姑娘说得对，"不无惊讶的康普先生提醒道，"你怎么想到要请这个疯狂的老女人的？你不是一向受不了她吗……"

康普夫人耸耸肩，愤怒地说：

"啊！你什么都不懂……不这样做你又怎么能让家里人知道我们现在的情况呢？瞧，你也看见洛利顿姑妈的脸了，就因为我嫁了个犹太人，她就和我闹别扭，还有朱丽·拉贡布和马夏尔舅舅，家里所有人和我们在一起的时候总是一副保护人的腔调，就因为他们比我们有钱，你还记得吗？好吧，理由很简单，如果我们不请伊莎贝尔，如果我没听说这些人第二天个个忌妒得发疯，我宁可不开这场舞会！写，安托瓦内特。"

"我们在两个客厅里跳舞吗？"

"当然，还有走廊……你知道的，走廊也很漂亮……我定了很多花篮；你那天就知道有多美了，所有的女人都是浓妆艳抹，珠光宝气，所有的男人都穿着……雷维·德·布鲁奈莱斯奇家的那晚简直就像是仙境……跳探戈的时候灯光灭了，只留着角落里两盏大理石灯发出红色的光……"

"我，我不是很喜欢，就像英国的舞厅一样。"

"可现在似乎流行这个。女人喜欢在音乐中被抚摸……晚饭当然是小桌的……"

"也许开始的时候先来一点酒？……"

"是个好主意……必须在他们刚到的时候活跃活跃气氛。我们可以在安托瓦内特的房间布置个吧台。她可以在洗衣房或走廊的杂物间睡一个晚上……"

安托瓦内特剧烈地颤抖了一下。她的脸色变得非常苍白；她仿佛要窒息一般地低声问道：

"我能不能待上一刻钟，哪怕就只是一刻钟？"

舞会……上帝啊，上帝啊，现在它就在眼前，距离她两步之遥，它是那么灿烂，灿烂到无法准确定义它，似乎就只是疯狂的音乐、醉人的香气、炫目的装扮……还有就是在远离人群、幽暗清凉、仿佛密室一般的小客厅里，耳边低回的情话……但那天晚上，她却要像以往一样，像个婴儿一样，九点钟准时去睡觉……也许那些知道康普夫妇有个女儿的人会问，他们的女儿在哪里，而她的母亲则会令人讨厌地轻笑一声说："哦，她可很早就去睡了,瞧……"但是,安托瓦内特在这尘世上也能够享有自己的幸福,对她究竟有什么妨碍呢?……哦!我的上帝啊,跳一次舞,就跳一次,穿着美丽的裙子,像一个真正的年轻姑娘……她带着某种绝望的勇气,闭上眼睛,仿佛胸口正抵着一支装满子弹的手枪,再次问道:

"哪怕就一刻钟,说啊,妈妈?"

"什么,"康普夫人惊叫道,"你再说一遍……"

"你可以参加布朗先生的舞会。"父亲说。

康普夫人耸耸肩:

"真的,我觉得这孩子真是疯了……"

安托瓦内特整张脸都变了形,突然叫道:

"我求求你,妈妈,我求求你……我十四岁了,不再是个小姑娘……我知道一般十五岁才能进入社交场合;可我看上去像十五岁呀,明年……"

康普夫人爆发了:

"真了不起啊,看看,"她的声音里充满了愤怒,"这个淘气鬼,这个黄毛丫头也要来参加舞会,您瞧瞧!……等着吧,我会打消你这些了不起的念头的,我的女儿……啊!你以为你明年就能进入'社交场合'吗?谁让你有这样的想法?听着,我的小东西,只要我还活着,我可不想有一个这么早结婚的女儿,这会让我感到尴尬……我想我不该再有所克制,必须拽你的耳朵,也许那样能打消你的这些念头。"她用一如既往地声调说,真的冲安托瓦内特弯过身去。

安托瓦内特后退了一步,面色更加苍白,她的眼睛里有那样一种迷失和绝望,康普先生有点被吓住了,觉得她很可怜。

"好了,随她去吧,"他拉住了罗西娜已经高高举起的手,"她累了,有点紧张,小家伙也不知道自己在说什么……去睡吧,安托瓦内特。"

安托瓦内特没有动;她母亲轻轻推了推她的肩膀:

"快走吧,快点,不许再回嘴;快滚,要不你可给我当心点……"

安托瓦内特的四肢都在颤抖,她慢慢地走了出去,但是她没有掉一滴眼泪。

"真够好的,"等她走了之后康普夫人说,"就她这样,将来还了得吗……不过话说回来,我在她这个年龄也是一样;但我可不像我那可怜的妈妈一样,从来不敢对我说个不字,我会好好教训她的,我告诉你……"

"她睡一觉就会忘记的。她累了,现在都十一点了。她不习惯这样晚睡觉,所以她才会那么紧张……我们还是继续宾客名单吧,这才是正事。"康普先生说。

三

睡到半夜,贝蒂小姐被隔壁房间传来的哭泣声惊醒。她打开灯,隔着墙听了一会儿。这是她第一次听见小家伙哭:平日里,每次康普夫人责骂她,她都会强忍住泪水,什么也不说。

"你怎么了,孩子,病了吗?"英国小姐用英语问她。

哭泣很快就止住了。

"我想是您的母亲责骂您了,可她也是为你好,安托瓦内特……明天您请求她原谅,你们互相拥抱,一切就结束了;只是这会儿应该睡觉;您想喝一杯椴花茶吗?要不要?您可以回答我的问题,我亲爱的,"看见安托瓦内特什么也没有说,她继续道,"哦!亲爱的,亲爱的,这样很难看,一个赌气的小姑娘,您会让您的守护天使感到难过的……"

安托瓦内特厌恶地做了个怪脸:"肮脏的英国小姐。"她那小小的,缩成一团的拳头冲着墙的方向伸了过去……他们根本就无所谓,任她独自一人在黑暗之中哭得喘不上气来,任她一个人处在悲惨的境地,像一条迷路的小狗……

没有人喜欢她,在这尘世上,没有一颗走近她的灵魂……难道他们真的什么也看不见,这些蠢货,难道他们不知道,她比他们,所有这些总是教育她,教训她的人聪明一千倍,珍贵一千倍,深刻一千倍……还有那些暴发户,没有教养的人……啊!整个晚上她都在嘲笑他们,可他们自然什么也不知道……她可以在他们面前哭笑,他们可不屑理睬她……一个十四岁的孩子,一个小淘气,一个可以蔑视的,仿佛狗一样的低级动物……他们凭什么打发她去睡觉，凭什么惩罚她，侮辱她？"啊，我希望他们都去死。"她听见墙后，英国小姐已经入睡，呼吸均匀。安托瓦内特又开始哭了，但是这一次声音很低，她品尝着落在嘴角和唇间的泪水；突然，她感受到了一种奇怪的快感；平生她还是第一次这样哭，没有怪脸，也没有凝噎，就只是这样静静地哭，像个女人一样地哭……等以后她一定也会这样哭，为了爱情哭泣……有一段时间，她就这样倾听着内心的哭泣，仿佛海上翻涌的波涛，浪不高，然而暗流汹涌……她打开灯，好奇地望着镜子。她的眼皮已经哭肿了，双颊潮红，紫一块红一块。就像一个才挨过打的小女孩。她真是难看，难看死了……她又一次哭出声来。

"我想死，上帝啊，让我死吧……我的上帝啊，我的圣母，为什么要让我生出来，和这些人在一起？求求您了，给他们惩罚吧……惩罚他们一次，然后我就去死……"

她停了下来，接着，她突然高声说道：

"也许，所有这一切都只是玩笑，上帝，圣母都是玩笑，就像书里所形容的善良的父母，还有幸福的时代……"

啊！是的，幸福时代，这是多么大的玩笑，不是吗，多么大的玩笑！她疯狂地重复着，一边用力咬自己的手，咬得双手血淋淋的：

"幸福……幸福……我宁可自己去死，死在这世界尽头……"

奴役，监牢，每天在同样的时刻重复同样的动作，日复一日……起床，穿衣……小小的灰暗的裙子，线袜，故意地，故意让她穿得像个仆从一样，这样一来，在大街上，谁也不会注意到这个小淘气，她走过，谁也不会看她一眼……这些蠢货，你们永远也看不到她那鲜花一般的肌肤，还有这光滑、纯洁、鲜嫩而低垂的眼皮，看不到那双惊恐、放肆的在呼唤、等待的眼睛，那么无辜、那么美丽的眼睛……你们永远也看不到，永远……等待……不好的欲望……在黄昏的时候，看到两个情人相拥而过，仿佛醉了一般地蹒跚着，为什么会产生这种令人羞愧的绝望的想法，为什么心像是被蚂蚁咬了一样……十四岁的老姑娘的仇恨？她很清楚，她自己也会有这样的一天。但是等待如此漫长，仿佛永远也不会到来，而且，在等待的时候仍然是这令人喘不过气来的生活，被侮辱，被教训，严苛的纪律，咆哮的母亲……

"这个女人，这个女人竟敢威胁我！"

她故意高声说道：

"她原本不敢的……"

但是她想起了高高举起的那只手。

"如果她敢碰我，我就扇她，咬她，然后……反正可以逃走……永远逃走……从窗户那里……"她疯狂地想。

她仿佛看见自己躺在人行道上，浑身是血……没有十五号的舞会……别人会说："这个小姑娘就不能换一天自杀吗……"就像她母亲总是说："我还要活下去呢，我，我……"也许，实际上，还是留下来更好……安托瓦内特还从来没有在母亲的眼睛里看到那种女人的充满敌意的冰冷目光……

"肮脏的自私鬼。我要活下去，我，我，我还年轻，我……他们抢走了我在这尘世的幸福……哦！像一个奇迹一般进入这个舞会，成为最美丽的人，最炫目的人，所有的男人都拜倒在她的脚下！"

她喃喃道：

"您认识她吗？这是康普小姐。以平常眼光来看她不算漂亮，但是她有一种特别的美丽……那么细腻……令其他人都失去了光彩，不是吗？她的母亲站在她旁边就像一个厨娘……"

她将头放在浸满了眼泪的枕头上，闭起眼睛；疲倦的四肢里释放出一种软绵绵、轻飘飘的欲望。她隔着睡衣抚摸自己的身体，手指轻轻地滑过，每一寸地方……已经准备好投身爱情的美丽身体……她轻轻地对自己说：

"十五岁，哦，罗密欧、朱丽叶的年龄……"

等她到了十五岁，世界的色彩会有所改变的……

四

第二天,康普夫人没再对安托瓦内特提起前一晚发生的事情;但是午饭的时候她一直沉着脸,故意要让女儿感觉到她心情很不好,她不停地斥责她,语句简短,通常她发火时都是这样。

"你撅着嘴想什么?闭上嘴巴,用鼻子呼吸。有个像你这样成天云里雾里的女儿,真是父母的运气……注意点,你是怎么吃饭的?你肯定弄脏了桌布,我敢打赌……都已经这么大了,你就不能吃得干净点?别吸鼻子,我求你了,我的女儿……你必须学会心平气和地听大人教训你,别甩这样的脸色……你不愿意回答我?舌头打结了吗?行了,这会儿又该掉眼泪了,"她一边继续说一边将餐巾扔在桌子上,"行了,我宁可走也不愿意看到你在我面前摆的这张脸,小蠢货。"

她走了出去,将门砰的一声带上;只剩下安托瓦内特和英国小姐面对面坐着,面前是乱七八糟的餐具。

"赶快把你的甜点吃完,安托瓦内特,"英国小姐轻声说道,"您待会儿去上德语课会迟到的。"

安托瓦内特的手在颤抖,她将才剥开的一瓣橘子送到嘴里。她故意慢慢地、平静地吃橘子,为了让一动不动立在身后的仆人相信,她根本没将刚才的大吼大叫听进心里,她蔑视"这个女人",但眼泪还是不争气地从她肿胀的眼皮里流了出来,圆圆的、晶莹的泪珠滚落在她的裙子上。

过了一会儿,康普夫人走进学习室;她手里拿着一叠写好的邀请函:

"下午茶以后你要去上钢琴课,是吗,安托瓦内特?你把邀请函交给伊莎贝尔,小姐,请您把剩下的丢进邮筒。"

"是,夫人。"

邮局里都是人,贝蒂小姐看了看表:

"哦……我们没有时间了,已经有点晚了,您上课的时候我再到邮局来,亲爱的,"她的目光转到了别的地方,双颊比往常更红,"这对您来说……您不会介意的,是吗?"

"是的。"安托瓦内特轻声应道。

她什么也没说,但是,等到贝蒂小姐敦促她快点,将她独自一人留在伊莎贝尔家门口的时候,安托瓦内特等了一会儿,藏在大门的门洞后面,她看见英国小姐匆匆跳上一辆停在街角的出租车。车子驶过安托瓦内特身边,安托瓦内特踮起脚尖,好奇地往车子里张望着。但是她什么也没有看到。她就这么一动不动地待了一会儿,直到出租车走远。

"我想也许她有个情人……这会儿正在拥抱呢,像书里写的一样……他也许会说:'我爱你……'那她呢?她是不是他的……情人?"她还在想,心里不无羞愧,有一种强烈的厌恶感,还有隐隐的痛苦,"自由,单独和一个男人在一起……她是多么幸福啊……他们也许会一起去树林。我要让妈妈看到他们……啊!我要让妈妈看看这一切!"她握紧拳头低声道:"不,情人是多么幸福……他们很幸福,他们在一起,他们拥抱……世界到处都是相爱的男男女女……为什么这当中就没有我呢?"

书包拖在她的屁股后面摇晃着。她带着仇恨望着书包,接着她叹了一口气,慢慢地转过身子,穿过院子。她迟到了。伊莎贝尔小姐会对她说:"大人没有教过你吗?准时是一个教养良好的孩子对老师的首要责任，安托瓦内特？"

"她又蠢又老又丑……"她恼火地想。

接着，她念经般地高声说：

"你好，小姐，今天是妈妈让我耽搁了，不是我的错，她让我把这个交给您……"

就在将信封递上去的那一瞬间，她突然间来了灵感：

"……她请您让我比往日早走五分钟……"

这样她也许能看见英国小姐在什么人的陪同下回来。

但是伊莎贝尔小姐根本没听她说话。她在念康普夫人的邀请函。

安托瓦内特看见她那又黄又干的脸颊泛起了红色。

"怎么？舞会？你母亲要开舞会？"

她盘弄着卡片，接着她偷偷地将手背垫到卡片下。卡片是烫金的还是印刷的？这可至少是四十法郎的差别啊……她立刻判断出是烫金的……她颇带情绪地耸了耸肩。康普一家人总是这样虚荣，挥霍到近似疯狂的地步……以前，罗西娜还在巴黎银行工作的时候（上帝啊，离今天仿佛还真的不太遥远！），她所有的工资都用在梳妆打扮上……她的内衣都是丝绸的……每个星期都是一副新手套……她可能经常和别人幽会……只有这些女人才是幸福的……其他的……她苦涩地喃喃道：

"你妈妈的运气总是很好……"

"她一定非常生气。"安托瓦内特心想。她做了一个小小的怪脸问：

"可是您一定会来的，是吗？"

"我会告诉你的，我尽量来，因为我真的很想见见你母亲，"

伊莎贝尔小姐说："但是，另外一方面，我还不知道我能不能来……有朋友想请我去看戏，是我一个学生的父母，格罗夫妇，阿里斯蒂德·格罗，以前做过办公室主任的那位，你父亲肯定听说过他，我很早就认识他们了，他们要请我去看戏，我已经正式答应了他们的邀请，你明白吗？……不过，我会尽量安排好的。但是，无论如何，请告诉你母亲，我非常高兴，非常乐意和她一起度过些许时光……"

"好的，小姐。"

"现在我们得工作了，来吧，坐下来……"

安托瓦内特慢慢将天鹅绒的小凳子推到钢琴前。这张凳子上的污迹和破洞她都一清二楚……她从音阶练习开始。她木然地盯着壁炉上的一只花瓶，壁炉漆成黄色，里面都是黑灰……花瓶里从来没有插过一枝花儿……还有这些架子上可怕的贝壳小盒子……这间灰暗的小公寓真是难看极了，一副穷酸气，还透着点阴森，可很早以前她就已经被拖到这里来了……

趁着伊莎贝尔小姐的心思放在乐谱上的时候，她偷偷地将头转向窗户……（树林里这会儿的天色应该很美，黄昏，冬天里光秃秃的、美妙的树干，还有这珠光般的天色……）一个星期三次，六年来每个星期都是如此……是不是一直到她死她都得来？

"安托瓦内特，安托瓦内特，你的手是怎么回事？我请你重来……那天，你母亲的舞会有很多人吗？"

"我想妈妈请了两百人。"

啊！她认为家里够大吗？她难道不怕太热，人太多，会显得很狭窄？"弹得用力些，使点劲；你的左手太软了，我的小姑娘……这是下次的音阶练习，下次还要练习车尔尼钢琴练习曲第三册的第十八号曲子……"

音阶，练习……每个月，每个月都是如此：《艾斯之死》[①]、门德尔松的《无语歌》、《霍夫曼的故事》里的船歌……在她那小学生的僵硬的手指下，所有这一切都成了一片说不上来的嘈杂……

伊莎贝尔将乐理本卷成一团，用力地敲打节奏。

"为什么你要将手指这样搭在琴键上？顿音，顿音……你以为我没看见你怎么用无名指和小指的？你刚才说两百人？你都认识吗？"

"不。"

"你母亲会穿上她那条普莱梅的玫瑰色新裙子吗？"

"……"

"你呢？我想你也会参加舞会，是吗？你已经成人了！"

"我不知道。"安托瓦内特因为痛苦战栗了一下，她轻声回答道。

"快点，快点……这才是弹奏应该遵循的节奏……一，二，一，二，一，二……接着来，你睡着了吗？安托瓦内特？接下去，我的小姑娘……"

接下去……这一段到处都是升号，每次都容易被突然绊住……在隔壁房间，有个小孩在哭……伊莎贝尔小姐打开灯……外面，天色已经暗了下来，天光在渐渐地隐遁……钟响了四下……又一个小时被浪费了，沉入黑暗之中，仿佛在指间溜走的水，一去不再复返……"我真想一走了之，或者干脆死了

[①] 挪威作曲家爱德华·格里格（Edvard Grieg，1843—1907）的作品。

算了……"

"你累了吗？安托瓦内特？你这就累了？在你这个年龄，我每天弹六个小时的琴……等一等，别跑这么快，你多着急啊……十五号我应该几点钟到？"

"邀请函上写着。十点。"

"很好。但在这之前我们还要见面的……"

"是的，小姐……"

外面，大街上几乎没什么人。安托瓦内特靠在墙上等英国小姐。过了一会儿，她听出了贝蒂小姐的脚步声，匆匆的，而且是在一个男人的怀抱里。她向前冲去，碰到一对情侣的腿。贝蒂小姐发出微弱的叫声。

"哦，小姐，我已经等了你将近一刻钟了……"

刹那间，小姐的脸色大变，安托瓦内特于是停了下来，仿佛在犹豫面前的是不是真的贝蒂小姐。但是她没再去看她那张开的小嘴，如同被强行催开的可怜花朵；她正贪婪地注视着"男人"。

这是个非常年轻的男子。大学生。也许还是中学生。充满热情的、柔嫩的嘴唇，周边有才刮过胡子的痕迹……放肆的、美丽的眼睛。贝蒂小姐正咕囔着请求原谅之际，他突然高声说：

"请介绍一下，表姐。"

"表弟，这是安托瓦内特。"贝蒂小姐轻声说。

安托瓦内特伸出手。男子笑了一下，没再说话。接着他似乎想了一会儿，最后提议道：

"我陪你们回去吧，好不好？"

三个人默默地沿着空旷而幽暗的小街往前走。风吹在脸上，安托瓦内特觉出了些许的清凉，风中似乎还浸润着雨水，湿漉漉的，仿佛泪水。她减慢了脚步，望着走在她前面的一对情人，这对情人彼此相偎，没有说话。他们走得多快啊……她停下脚步。他们甚至没有回一下头。"如果我被车子轧到了，他们大概也听不见吧？"她带着一种奇怪的苦涩想。一个路过的男人撞了她一下，她被吓了一跳，往后退去。但这只是个开路灯的；她看着他用手里的长竿将路灯一盏盏打开，突然间，那一簇簇灯光便在黑夜里亮了起来。这些路灯就像风中的烛光一般一闪一闪地摇晃着……突然间，她感到害怕了。她竭尽全力地向前跑去。

在亚历山大三世桥前面一点儿，她追上了两个情人。他们在低声说着什么，说话速度非常快。看见安托瓦内特之后，小伙子表现出一种不耐烦的神情。贝蒂小姐在一瞬间有点不知所措；接着，她突然灵感一现，打开包，抽出那叠邀请函。

"拿着，亲爱的，这是您母亲给我的邀请函，我还没来得及投入邮箱……快点跑，前面有个小香烟店，就在那里，左边的那条小路那里……你看见灯箱了吗？你把信投进邮筒。我们在这儿等你……"

她将那叠信封塞进安托瓦内特手里；接着她匆匆地离开了。在桥中央，安托瓦内特看见她再次停了下来，低头等男孩儿。两个人靠在桥栏上。

安托瓦内特没有动。天色昏暗，她只看到两个模糊地混作一团的身影，周围是黑黢黢的、满载着倒影的塞纳河。尽管他们拥吻的时候，她基本上看到两人只是弯下身，一张脸慢慢地凑近另一张脸，她的两只手还是突然绞在一起，仿佛一个充满嫉妒的女人……两只手绞在一块儿的时候，一个信封滑落在地上。她不禁有点害怕，可就在此时，她又很为自己的害怕而羞愧：怎么？永远像个小女孩儿一样地颤抖吗？她根本不配做个女人。而这两个人呢？他们一直拥抱在一起，嘴唇也仿佛粘住了一样不愿松开……她感到一阵晕眩，有一种模模糊糊的想要做点什么坏事以示抵抗的冲动。她咬紧牙关，抓住了所有的信封，在手里揉成一团，撕成碎片，然后全部扔进了塞纳河。她望着桥拱下随波漂浮的信封，心怦怦直跳。接着，一阵风把它们卷入了水中。

五

将近六点，安托瓦内特与贝蒂小姐散步回来。她们揿响了门铃，可没有人理她们，于是贝蒂小姐用力敲门。她们听见门后传来挪动家具的声音。

"他们一定正在准备衣帽间，"英国小姐说，"为了今天晚上的舞会，我总是忘了这茬事儿。您呢？亲爱的？"

她微笑地望着安托瓦内特，仿佛把她当作某种同谋似的，神色之间既有畏惧，又不乏温存。然而，她自那次之后再也没有当着小东西的面见过情人；自从上次遇见了之后，安托瓦内特总是那么沉默，这着实让英国小姐有些不安，她的沉默，她的目光……

仆人开了门。

在隔壁餐厅监督灯光布置的康普夫人听见她们的声音立刻冲了出来。

"你们就不能走服务生走的楼梯吗？"她愤怒地叫道，"你们明明都看到了，我们正在候见厅里安排衣帽储存架。现在，一切都要重新开始，我看永远也结束不了。"她抓住桌子一角，一边帮助看门人和乔治安排房间一边继续道。

在餐厅和与餐厅连着的走廊里，六个身着白色制服的服务生正在摆放晚餐的桌子。中间是冷餐桌，四周点缀着耀眼的鲜花。

安托瓦内特想到自己的房间里去；康普夫人再一次喊道：

"别去，别去……你的房间有个小酒吧，小姐，你的房间也一样，都堆满了；今天晚上您暂时睡在洗衣房，安托瓦内特，你睡在杂物间……就在房子的那一头，那儿你一定能睡好，你甚至听不见音乐声……您在做什么呢？"看到电工一边哼歌一边不紧不慢地工作，她说，"您看见了，这个灯泡不亮……"

"哦，要等一会儿，我的夫人……"

罗西娜愤怒地耸耸肩膀……

"……等一会儿，等一会儿，他已经都来了一个小时了。"她朗声说道。

她一边说一边猛地握紧拳头，这个动作竟然和安托瓦内特生气时做的一模一样，以至于正一动不动站在门口的小东西突然间抖了一下，仿佛一个人意外地看见了镜中的自己。

康普夫人身着晨袍，赤脚穿一双拖鞋，头发也没梳好，卷成一团，仿佛一条条小蛇一般披散着，满脸通红。她看见送花的小贩抱着满怀的玫瑰，正努力想要从靠在墙上的安托瓦内特面前走过：

"对不起，小姐。"

"好了，动一动啊，你没看见吗？"她突然大声叫道，安托瓦内特不禁后退了一步，手肘撞到了花贩，一朵花的花瓣掉了下来。

"真受不了你，"康普夫人大声叫道，震得桌上的玻璃器皿叮当作响，"你究竟在这里干什么？碍手碍脚的，让所有人不自在？快滚，滚回你的房间，我不是说你的房间，是洗衣房，或者随便什么地方，反正不要在这里，不要让我看见你！"

安托瓦内特消失后，康普夫人匆匆地穿过餐厅，穿过堆满香槟起子和冰块的配餐室，来到丈夫的工作室。康普先生正在打电话。他才挂了听筒，康普夫人便迫不及待地叫道：

"你在做什么呢，刮了胡子吗？"

"六点钟就刮胡子？你疯了吗？"

"首先，现在已经六点半了，再说，最后一秒钟的时候很可能还有东西要买；最好一切都提前准备就绪。"

"你真是疯了，"康普先生不耐烦地重复道，"真有东西没买，仆人也会去买的……"

"哟，你开始贵族作派了，像个真正的绅士时我还真是喜欢，"康普夫人耸耸肩说，"'仆人也会去买的……'留着你这态度去对待客人吧……"

康普愤怒地咬紧牙关说：

"哦！别那么神经质，行不行！"

"但是你想要怎么样？"罗西娜带着哭腔叫道，"你怎么能让我不神经质！什么都没搞好！这些笨蛋仆人永远也搞不定！哪里都必须我亲自到场，亲自监控，而我已经三个晚上没有睡觉了，我精疲力竭，我觉得自己都快发疯了！……"

她抓起一个银质的小烟灰缸扔在地上，但是这暴力举动似乎让她安静了下来。她有些羞愧地笑笑说：

"这不是我的错，阿尔弗雷德……"

康普摇了摇头，什么也没说。看到罗西娜转身要走，他叫住了她：

"对了，我想要问问你，你没有收到什么人的答复吗？"

"没有，你为什么问这个？"

"我也不知道，只是觉得有点奇怪……好像是故意的一样；我本来想问问巴尔泰雷米有没有收到邀请函，可我已经一个星期没在交易所见到他了……我是不是该打个电话？"

"现在？这会显得很怪的。"

"可本来这一切就很怪啊。"康普说。

他夫人打断了他：

"那只是因为这种事情不需要答复的，就是这样！要么去要么不去……你还要我对你说什么呢……我甚至觉得这样很好……也就是说没有人事先想要失约……至少，即便不来他们也会有理由的，你不觉得吗？"

由于丈夫没有回答，她不耐烦地追问道：

"不是吗？阿尔弗雷德？我说得对吗？是不是？你究竟怎么想？"

康普摊开双手说：

"我不知道……你希望我说什么呢？我知道的并不比你多……"

他们彼此看了一眼，没有说话。罗西娜叹了口气，低下头。

"哦！我的上帝啊，我们真是六神无主，不是吗？"

"一切都会过去的。"康普先生说。

"我知道，但是在这过程中……哦！但愿你知道我有多害怕！我真希望这一切已经结束了……"

"别紧张。"康普软绵绵地重复道。

他本人却拿着把裁纸刀，心不在焉地转来转去。他嘱托道：

"一定要尽量少说话……说些套话就行了……'见到您很高兴……请用点东西……天很热，天很冷……'"

"最可怕的是介绍，"罗西娜忧心忡忡地说，"想想看，有很多人我只见过一面，我说不定都认不出他们来了……而且他们彼此之间也不认识，根本没有什么共同点……"

"哎，上帝啊，你含糊点过去就行了。无论如何，所有人都和我们一样，所有人也都是这么开始的。"

"你还记得我们在法瓦尔街的那间小公寓吗？"罗西娜突然问道，"那时我们换掉一张餐厅里破破烂烂的沙发也犹豫来犹豫去的。那也就是四年前，瞧瞧现在……"她指着周围那些相当有分量的铜质家具补充道。

"你是想说，"康普问，"四年之后，我们在家里接待大使的时候，也会回忆起这个令人颤抖的夜晚，我们颤抖，因为一百多个小白脸老妓女要来？是吗？"

她笑着将手捂在他的嘴上。

"住嘴，瞧！"

她走出门，正好撞在饭店经理的身上，饭店经理来告诉他关于莫塞尔酒店服务生的事情：他们没带香槟来；酒吧的服务生觉得要调鸡尾酒，杜松子酒可能不够了。

罗西娜用两只手捧住了脑袋：

"好吧，只缺这个，"她试图让自己安静下来，"你们就不能早点说吗？这个时候你让我到哪里去找杜松子酒？所有的地方都关门了……还有莫塞尔饭店的服务生……"

"让司机去，亲爱的。"康普建议道。

"司机去吃晚饭了，"乔治说。

"当然了，"罗西娜失去控制地叫道，"当然了！他才不在乎呢。"她不依不饶地说道："这对他来说都一样，不管我们需不需要他，这位先生跑了，去吃饭了！又一个我明天第一时间就要辞退的人。"她转向乔治补充道，而这位仆人立刻抿紧了长长的双唇，他的下巴倒是刮得光溜溜的。

"如果夫人这话是冲着我说的……"他开口说。

"当然不是,我的朋友,当然不是,你真是疯了……我刚才也就是脱口而出。您瞧,我实在是太紧张了,"罗西娜耸耸肩说,"您乘出租车去,立刻到尼古拉①去……给他钱,阿尔弗雷德……"

她冲进自己的卧室,扶起通道里的鲜花,大声斥责着服务生:

"这盘小糕点放的位置不好,这盘……把鸡尾再竖起来一点儿。鲜鱼子酱三明治上哪里去了?不要太早上:所有人都会冲过去的。还有鹅肝酱点心呢?鹅肝酱点心上哪里去了?我敢打赌,一定是忘记了!只要我没注意到!……"

"我们正在拆鹅肝酱点心呢,夫人。"饭店经理说。

他带着一种掩饰不住的讽刺看着她。

"我看上去一定很可笑。"罗西娜在镜子里瞥见了自己那张涨得通红的脸,不知所措的眼睛和颤抖的双唇,突然在想。但是,就像一个劳累过度的孩子,任自己怎么努力,她也安静不下来;她已经精疲力竭了,眼泪就在眼眶中。

她回到自己的房间。

女仆将舞会的装束放在床上,银色金属丝的裙子,点缀着珍珠的流苏,闪闪发光、如同珠宝一般的鞋子,平纹长袜。

"夫人这就吃晚饭吗?也许,为了不妨碍那边,晚餐要安排在这里……"

"我不饿。"罗西娜的声音中仍然带有狂怒。

---

① Nicolas,法国著名的酒类专卖店。

"那随夫人的便。但是我应该可以去吃晚饭吧?"露西亚抿紧嘴唇问,因为康普夫人让她工作了整整四个小时,将珍珠缝到裙子的流苏上,"我要提醒夫人,现在已经将近八点了,人可不是动物。"

"你去啊,我的姑娘,快去,难道我拴住你了吗?!"康普夫人大声叫道。

等她一个人在房间里的时候,她一屁股坐在沙发上,闭上了眼睛。房间里很冷,仿佛地窖一般:一大早房子里的所有取暖器就都关了。她站起身,走近小梳妆台。

"我这样子真是可怕……"

她开始精心地为脸部化妆。先是用手在脸上抹上一层厚厚的乳霜,接着是脸颊上的水胭脂,再接下去是画眉,然后是伸向两鬓的眼线,粉……她化妆的动作非常非常慢,时不时地,她就会停下来,扒住镜子,带着一种热情、愤怒的专注贪婪地看着自己的影像,目光有些冷峻,然而又充满了怀疑和狡黠。突然,她揪住了鬓边的一根白发,拔了下来,气得脸都歪了。啊!生活真是糟糕透了!……二十岁时的脸……花一般的脸颊……可那时是缀补过的袜子,缝缝补补的内衣……现在却是首饰、裙子和最初的皱纹……这些都是同时的……必须加快脚步地去生活啊,我的上帝,讨男人的喜欢,享受爱情……钱、漂亮的衣装和汽车,如果生活中没有一个年轻、漂亮的男人,一个情人,这一切又有什么用呢?……这个情人……她是多么期盼。在她还是个可怜的小女孩儿的时候,她曾经听从、跟随和她谈情说爱的男人,就因为他们穿着得体,长着一双体面的手……可现在想来他们都是些没有教养的人,统统都是……但是她从来没有放弃过等待……而现在是最后的机会，是衰老前的最后几年，真正的、无可挽回的、再也不能修复的衰老……她闭起眼睛，想象着年轻的双唇，贪婪而温柔的目光，满载欲望……

仿佛要去幽会一般，她匆匆地扔掉手上的梳子，开始穿衣：穿上袜子、鞋子、裙子，她的动作非常敏捷，毕竟这些年来一直过着没有贴身女仆的日子。首饰……她有整整一箱……康普说这是最为可靠的投资……她戴上了两圈大珍珠项链、所有的戒指，每只手臂也都套上了一只只大钻石镯子，从腕部一直套到肘部。接着，她在胸前别上了一枚用蓝宝石、红宝石和祖母绿镶嵌而成的大胸针，它是那么璀璨耀眼，简直有点过分。她后退了几步，满脸微笑地看着自己……生活终于开始了……就在今天晚上，谁知道呢？……

六

在洗衣房的两张椅子上架起了一块熨衣板，而安托瓦内特和英国小姐的晚餐就是在这块熨衣板上完成的。门后传来配膳室仆人们跑来跑去的声音和碗盘碰撞的声音。安托瓦内特没有动，两只手夹在膝盖之间。九点，英国小姐看了看表。

"该去睡觉了，亲爱的……小房间不会听见音乐声；您会睡得很安稳。"

看到安托瓦内特没有回答，她笑着拍了拍手：

"哎，醒一醒，安托瓦内特，您怎么了？"

她把安托瓦内特送到杂物间，杂物间的光线很暗，仆人匆匆忙忙在里面支了一张钢丝床，并且放进了两张椅子。

对面，在院子的另一边，可以看见客厅和餐厅窗户里透出璀璨的灯光。

"您可以在这里看他们跳舞；这里没有百叶窗。"贝蒂小姐开玩笑说。

她走了之后，安托瓦内特迫不及待地将额头抵在玻璃窗上，她很担心；一大面墙整个儿地被窗户里映射出来的金色的、炽热的灯光照亮了。罗纱窗帘后面，人影晃来晃去地跑着。那是仆人。有人把窗洞开了一条缝；安托瓦内特能够分辨出在客厅深处，有人正给乐器调音。乐手就位了……我的上帝啊，已经过了九点……一个星期以来，她一直在隐约等待着灾难的降临，在等着这灾难适时地将世界吞没，这样她做的坏事也许永远也不会被发现。但是这个夜晚像所有的夜晚一样，什么也没有发生。隔壁房间的钟敲响了九点半。又是三十分钟，四十五分钟，接着……没有，也许什么也不会发生，因为这天她们散步回来，康普夫人望着贝蒂小姐，带着她那种特有的焦虑——所有容易紧张的人一见到这种眼神便会六神无主——问她："对了，您将所有的邀请函都寄出去了，一封也没丢，一封也没错，是吗？您确定吗？"贝蒂小姐回答说："是的，康普夫人。"自然，她才要承担后果，只有她……如果她被解雇了，活该，这样很好，可以给她一点教训。

"我才不在乎呢，我才不在乎呢。"她一边喃喃自语，一边愤怒地咬住自己的双手，年轻的、尖锐的牙齿将一双手啃得鲜血淋漓。

"另一个女人，她想拿我怎么样就拿我怎么样好了，我不怕，我才不在乎呢！"

她望着窗子外面黑乎乎的、幽深的院子。

"我要自杀，在死之前，我会说都是因为她，就这样，"她低声说，"我什么也不怕，我事先就已经报仇雪恨了……"

她继续守候事态的进展；她的脸贴在玻璃窗上，上面全是水汽；她用力地擦拭着，然后再一次将脸贴上去。最后，她不耐烦地将窗子打开。夜冰冰凉的，非常纯净。现在，她能够非常清楚地分辨出——用她那双十五岁专有的明眸——靠墙放置的一排椅子，还有围坐在钢琴边的乐手。她一直这么一动不动地站着，脸颊和双臂都被冻麻木了。有一会儿，她甚至处在幻觉之中，觉得在这之前什么也不曾发生过，她只是在梦中到过那座桥，看见过塞纳河黑色的河水，还有在风中飘浮着的碎纸片，她仿佛看见客人奇迹般地陆续到来，舞会开始了。她听见九点三刻的钟声，接着,是十整下……十点……她抖了一下,溜出房间。她向客厅走去,就像一个被犯罪现场吸引的不够老练的杀手。她穿过走廊,那里有两个仆人正仰头抱着香槟瓶子猛喝。她来到了餐厅。餐厅里没有人,一切都已准备就绪,中间是一张大桌子,上面摆满了野味、冰冻的鲜鱼,牡蛎装在银色的盘子里,桌子四周围着威尼斯花饰,盘子之间都有鲜花连接,水果在桌上堆成两座对称的金字塔。周围是小桌子,摆放四至六套餐具,水晶、细致的瓷器、明亮的釉彩散发出夺目的光芒。后来,安托瓦内特再也没能弄明白,她当时为何有勇气穿越这样的房间,那么长,那么耀眼。在客厅前,她犹豫了一会儿,然后在隔壁的小客厅里看见了缎面的大沙发。她坐了过去,将双腿垫在身下。椅背与帷幔之间正好有个空档,她便躲了进去,收紧双臂和双腿,伸出头望着客厅,仿佛在欣赏一幕喜剧。她轻轻地颤抖着,因为刚才开窗站了太久,此时仍然浑身冰凉。现在,整座房子似乎都在沉睡,非常安静、沉寂。乐手低声交谈着。她看见一个黑人,一口牙齿闪闪发光,还有一位身着丝裙的夫人。铙钹仿佛杂耍集市里的大箱子一般,房间的一角竖着一把大提琴。黑人乐手的指甲拨弄着一种类似吉他的乐器的琴弦,房间里响起沉闷的嗡鸣声,他叹口气道:

"现在开始得越来越晚,结束得也越来越晚。"

钢琴手说了几句话,别人都笑了,可安托瓦内特没有听见。接着,康普先生和夫人突然走了进来。

安托瓦内特看到他们进来,情不自禁地动了一下,仿佛想要钻入地下。她紧紧地靠着墙,将脸深深埋入折起的臂弯里,但是她听见他们渐渐走近的脚步声。他们就在她身边。康普先生坐在安托瓦内特对面的一张扶手椅上。罗西娜在房间里转了一会儿,她打开壁炉上的壁灯,然后又关上。她身上的钻石在闪闪发光。

"坐下来,"康普先生低声说道,"你这么动来动去的非常愚蠢……"

非常巧,她正好站在安托瓦内特的对面,而安托瓦内特抻着头,睁大眼睛,脸颊几乎擦着沙发的木边,她被母亲脸上的神情给吓住了,在这张居高临下的脸上有一种她从来没有见过神情:谦卑、虔诚、害怕……

"阿尔弗雷德,你认为一切都会顺利吗?"她的声音是那么单纯,还在颤抖,像个小姑娘一般。

阿尔弗雷德没能来得及回答,因为房子里突然响起了门铃声。

罗西娜合上双手:

"噢,我的上帝,开始了!"她喃喃道,仿佛这声音是地震。

两个人同时冲向客厅敞开的两扇大门。

过了一会儿,安托瓦内特看见他们走了回来,中间是伊莎贝尔小姐,她大声说着什么,声调也不同寻常,又尖又高,还时不时地爆发出一串笑声,仿佛羽饰一般装点着自己的话语。

"我倒是把这个人给忘了。"安托瓦内特心怀恐惧地想。

康普夫人这会儿显得神采奕奕,不停地在说。她又变得傲慢而快乐了,时不时地冲丈夫调皮地眨眨眼,偷偷地指指伊莎贝尔小姐的裙子,一件黄色的朱罗纱裙,她还在干巴巴的脖子上围了一条羽毛围巾,仿佛塞利梅纳①的扇子,两只手总忍不住要去摸,手腕上吊着长柄眼镜,用橘红色的天鹅绒缎带拴着。

---

① 莫里哀喜剧《愤世者》中的女主人公。

"您还没看过这间屋子吧,伊莎贝尔?"

"没有,这房子真是漂亮,家具是谁挑的?哦!这些大瓷花瓶真是鲜艳。瞧,罗西娜,您还是喜欢日本风格,是吗?我也一直都觉得很好,那天我还对布洛赫-雷维说来着,还有萨洛蒙家,您认识他们吗?他们认为这种风格的东西不太值钱,有'暴发户'的气息(用他们的话来说),我说,'您怎么认为就怎么说,但是我觉得这种风格很活泼,很有生气,再说,即便它们不如路易十五风格的东西值钱,这也不能算是一种缺点啊,正相反'……"

"可您错了,伊莎贝尔,"罗西娜强烈反驳道,"中国古代和日本的东西现在都已经是天价了……比如说,这个百鸟图案的大瓷瓶……"

"这个年代似乎不太远……"

"这是我丈夫花一万法郎在德鲁沃饭店买的……我刚才说了多少?一万法郎,是一万二,对吗?阿尔弗雷德?哦!我还为此责备他呢,不过也只说了一下,因为我自己也很喜欢收藏这些小玩意儿,到处打听价格,这是我的爱好。"

康普揿铃问道:

"夫人们,你们先来杯波尔图酒,好吗?"他转向走进客厅的乔治说,"请拿三杯桑德曼的波尔图酒,再拿些三明治,鱼子酱三明治……"

伊莎贝尔正好走开去,拿着她的长柄眼镜仔细看天鹅绒座上的一座金色佛像,康普夫人低声地迅速反应道:

"三明治,你疯了吗?你想让我为了她把整张桌子都弄乱吗!乔治,请从萨克斯瓷篓里拿点干点心来,萨克斯瓷篓,您听见了吗?"

"是,夫人。"

过了一会儿,乔治回来了,手里拿着一个托盘和一个巴卡拉水晶大肚瓶。三个人默不作声地喝酒。接着康普夫人和伊莎贝尔小姐在沙发——安托瓦内特就藏在沙发后面——上坐了下来。只要安托瓦内特伸出手,她就能碰到妈妈的银色高跟鞋和她老师的黄色薄底缎纹皮鞋。康普先生在来回踱步,时不时偷偷看看钟。

"和我说说今天晚上都有些什么人?"伊莎贝尔小姐问。

"哦!"罗西娜说,"一些可爱的人,当然还有些老头老太,比如说圣·帕拉西奥侯爵夫人,因为我必须向她还礼。不过她非常喜欢到我家来……昨天我看到过她,她原本已经要走了。她对我说:'亲爱的,我将去南方的行程推迟了一个星期,这可都是为了您的晚会;我们在您的家里玩得多么愉快啊'……"

"啊!您已经开过舞会了?"伊莎贝尔小姐抿紧了嘴唇问。

"不,不,"康普夫人赶紧说,"只是喝喝茶而已。我没请您,我知道您白天非常忙……"

"哦,的确如此。再说,我一直在想明年开场演奏会……"

"真的吗?这可真是个好主意!"

她们没再说下去。伊莎贝尔小姐又一次打量房间四面的墙壁说:

"真是不错,非常温馨,您的品味……"

接着又一阵沉寂。两个女人不时轻咳着。罗西娜整理了一下自己的头发。伊莎贝尔则仔细地抚平自己的裙子。

"这些日子来天气真是不错,不是吗?"

康普突然开口说:

"好了,我们不能这样待着,这样什么都不做?这些人到得真迟,真是的!您在卡上写的是十点钟,是吗?罗西娜?"

"我看我来得大约早了点。"

"当然不是,亲爱的,瞧您说什么呀?迟到真是一个可怕的坏习惯,让人遗憾……"

"我提议我们先来跳一圈。"康普兴高采烈地拍着手说。

"是啊,这是个好主意!你们可以演奏了,"康普夫人冲着乐队叫道,"来一支查尔斯顿舞曲。"

"您跳查尔斯顿舞的,是吗?伊莎贝尔?"

"当然,会跳一点,和所有人一样……"

"那就好,您不会缺少舞伴的。比如说伊查拉侯爵,西班牙大使的侄子,他可是拿过多维尔的所有奖项,是不是,罗西娜?我们一边等一边先开始吧。"

他们走开了,乐队开始在空旷的大厅里低鸣。康普夫人站起身,跑向窗边,将她的脸——安托瓦内特觉得她也一样——贴在冰凉的玻璃窗上。钟敲响了十点半。

"我的上帝啊,我的上帝啊,他们究竟在做什么?"康普夫人焦躁不安地想,"这个老女人真是见鬼。"她几乎大声说了出来,但是很快,她笑着鼓起掌来:

"啊!真好啊,非常好,我从来没有看见您这样跳舞,伊莎贝尔。"

"她跳得简直和约瑟芬·贝克①一样。"康普先生在大厅另一头答道。

舞曲结束,康普叫道:

---

① 约瑟芬·贝克,从美国到法国发展并在法国走红的著名舞蹈家、歌手。

"罗西娜,我带伊莎贝尔去酒吧,您可别妒忌啊。"

"您不和我们一起去吗?"

"如果你们同意,我想过一会儿来,我还有点事情要和仆人交待,然后我再去找你们……"

"那我整个晚上都会和伊莎贝尔调情的哦,我可警告过您了,罗西娜。"

康普夫人本可以放声大笑,做个威胁的手势什么的,但是她一句话也没说,等只有她一个人在大厅的时候,她又重新跑到窗边。大街上传来汽车的声音,有的车子经过大门时仿佛减慢了速度;于是康普夫人弯着身,努力地探寻这黑黢黢的冬夜,但是汽车又都走远了,马达的声音渐渐地远去,消失在夜色里。并且,时间越晚,汽车便越少,简直就像在外省,等了很久,空旷的街道上也没有一丝声响,只有邻街传来有轨电车的声音,还有不知什么地方响起的几声遥远的喇叭声音,因为距离,这喇叭声并不那么刺耳,似乎挺轻的……

罗西娜咬紧牙关,下颌发出吱嘎的响声,仿佛在发烧一样。十一点差一刻。十一点差十分。在空旷的客厅里,挂钟响起急促的叮当声,清脆、活泼、明晰可辨;紧接着,餐厅的钟仿佛回应一般,坚持不懈地响起来;在街道的另一边,教堂三角楣上的大钟缓缓地、庄严地敲响了,越来越响。

"……九,十,十一,"康普夫人绝望地叫道,朝天举起她那镶满钻石的手臂,"究竟发生了什么事情?究竟怎么回事,我仁慈的主啊?"

阿尔弗雷德和伊莎贝尔也回到了大厅;他们三个人彼此对视着,没有说话。

康普夫人神经质地笑道:

"这真是有点奇怪,是真的吗?但愿什么也没有发生……"

"哦,我亲爱,至少不是地震……"伊莎贝尔小姐用一种颇为盛气凌人的语调说。

但是康普夫人还没有完全投降。她一边转动着颈项间的珍珠,一边说——只是声音中充满了忧惧:

"哦!现在还不说明什么问题;想想看吧,那天,我在朋友家,布鲁奈莱斯奇伯爵夫人家:第一批客人十二点差一刻的时候才陆陆续续到。因此……"

"这对于女主人来说非常无聊,非常令人不安。"伊莎贝尔小姐轻声说道。

"哦!这是……这是近来形成的一种习惯,不是吗?"

这在这会儿,响起了一阵门铃声。阿尔弗雷德和罗西娜向门口走去。

"奏乐。"罗西娜冲乐手吼道。

他们迅速奏起一支欢快的布鲁斯。但没有人进来。罗西娜再也忍不住了。她叫道:

"乔治,乔治,有人按门铃,您没有听到吗?"

"是雷伊酒店送冰块来。"

康普夫人爆发了:

"可我和你们说过了,一定发生了什么事情,一场事故、误会,或许弄错了日期、时间,我不知道!十一点十分了,已经十一点十分了。"她绝望地重复道。

"已经十一点十分了?"伊莎贝尔叫道,"但是正像您说的一样,您说得非常有道理,在您家里时间过得可真快,请接受我的致意，真的……或许已经一刻了，我想，您听见钟声了吗？"

"是啊，即便拖，也不可能拖到这么迟才来的！"

他们三个人再一次坐下，但是没再说话。配膳室传来仆人的笑声。

"让他们快点闭嘴，阿尔弗雷德，"罗西娜气得声音发颤，最后忍不住说道，"快去！"

十一点半，钢琴师过来了。

"还要再等下去吗？夫人？"

"不，你们走吧，所有人都走！"罗西娜突然叫道，听声音仿佛要发疯打滚似的，"我们会付钱的，你们快走！不会有舞会了，什么也不会有了：这是一种冒犯，一种侮辱，是敌人对我们的打击，就是为了嘲弄我们，逼我们去死！如果有人现在来，我不要见他，听见了吗？"她的声音越来越暴烈："你们就说我已经走了，说家里有病人，有死人，随便你们，想说什么就说什么！"

伊莎贝尔赶紧说：

"瞧，亲爱的，还没到绝望的时候。别这样折磨自己，您会生病的……自然，我很能理解您的感受，亲爱的，我可怜的朋友：但是这个世界没有那么恶毒！没有！您必须对她说点什么，给她一点安抚和安慰……"

"真是一出闹剧！"康普先生咬紧牙关，挤出了几个字，他的脸色非常苍白，"您能闭嘴吗？"

"瞧，阿尔弗雷德，别这样叫，相反，您应该对她温和一点……"

"算了吧，如果她想做出一副可笑的样子，就随她去好了！"

他转过身，冲着乐手们说：

"你们还在这里干什么？我们该付多少钱？快滚，看在上帝的分上……"

伊莎贝尔慢慢拿上了她的羽毛围巾、长柄眼镜和手袋。

"我看我也应该走了，阿尔弗雷德，除非您需要我帮您做点什么，随便什么，我亲爱的朋友……"

看到他没有回答，她探过身，吻了吻罗西娜的额头，罗西娜一动不动地坐着，甚至没有哭，只是目光呆滞、无神。

"再见，亲爱的，请相信我和你们一样绝望，我想尽可能地分担你们的痛苦，"伊莎贝尔小姐仿佛在墓地一般轻声说道："不，不，不用陪我，阿尔弗雷德，我走了，等我走了之后，您尽情地哭吧，我可怜的朋友，这样可以发泄一下。"她再一次用尽气力向空旷的大厅中央走去。

阿尔弗雷德和罗西娜听见她走过餐厅时对仆人说：

"别吵，夫人非常紧张，非常难过。"

最后，传来了电梯的嗡嗡声，接着便是最外面的大门关上所发出的沉闷的响声。

"这个难对付的老女人，"康普先生嘟哝道，"不过，至少……"

他没有说下去。罗西娜突然站起身来，泪流满面，用手指着他叫道：

"都是你，蠢货，都是你的错，都是因为你那肮脏的虚荣心，你喜欢炫耀的心理在作祟！都是因为你！……先生想要召开舞会！招待客人！不，真是笑死人了！我的老天，你以为别人不知道你是谁吗？不知道你的出身吗？暴发户！他们都在嘲笑你，你的朋友，你那些好朋友都是强盗、骗子！"

"那你的那些朋友呢，你的那些伯爵、侯爵、小白脸！"

他们一起在叫，狂怒的暴烈的话语仿佛雷声一般在房中轰鸣。接着，康普先生咬紧牙关低声道：

"我捡到你的时候，你已经是个烂货了，老天知道你在哪里鬼混的！你以为我什么都不知道，什么都没有看见吗！那时我觉得你漂亮、聪明，如果我发财了，娶了你可以让我觉得体面些……我真是失败，我还有什么好说的，这真是一桩好生意，你这个粗俗的女人，一个和厨娘的行为举止毫无二致的老女人……"

"其他人倒是对我这个老女人感到很满意……"

"我很怀疑。但是不用和我细说，否则明天你会后悔的……"

"明天？你以为在你说了这一切之后，我还会和你在一起？哪怕一个小时也不可能，粗俗的家伙！"

"滚！见鬼去吧！"

他走出去，将门砰的一声带上。

罗西娜叫道：

"阿尔弗雷德，回来！"

她在等他回来，脑袋冲着客厅的方向，气喘吁吁，但是他已经走远了……他走下楼梯。街上传来他狂怒的声音："出租车，出租车……"这声音持续了一段时间，然后渐渐远去，在街角消失了。

仆人全都上了楼，到处都是炫目的灯光，开来开去的门……罗西娜一动不动，仍然穿着那件光彩夺目的裙子，戴着珍珠项链，瘫倒在扶手椅中。

突然间,她动了一下,如此暴烈,如此激动,安托瓦内特禁不住抖起来,她向后退去,额头撞在墙上。她缩得更紧了,一直在抖。但是她母亲什么也没有听见。她将镯子一只只取下来,扔在地上。其中的一只滚在沙发下面,就在安托瓦内特的脚边,那是一只很美的镯子,非常重,镶满了硕大的钻石。安托瓦内特躲在那里没敢动,就这么一动不动地看着镯子。

她看见母亲的脸上流满了泪水,和粉融在一起,于是脸上起了一道道沟壑,这张脸上的表情非常痛苦,因为愤怒而红一块紫一块,仿佛孩子的脸,非常滑稽……让人看了非常难过……但是安托瓦内特没有难过;她只是觉得蔑视,一种混杂着轻蔑的冷漠。也许有一天她会对某个男人说:"我曾经是个可怕的女孩儿,您知道吗?想想吧,有一次……"突然间,她感到自己的未来有无限的可能性,她感受到了自己完好无损的青春的力量和思考的能力:"一个人怎么能够为这样的事情哭泣呢?……爱情呢?死亡呢?有一天她会死的……那时她会忘记这件事情吗?"

大人也会感到痛苦,他们也一样,为了这些无足轻重、转瞬即逝的小事而痛苦?而她,安托瓦内特,她曾经还那么害怕他们,在他们面前,在他们的叫骂声、愤怒、他们徒劳而荒谬的威胁中颤抖……渐渐地,她从自己的藏身之处走了出来。只是她在暗处仍然停留了一会儿,她看着不再哭泣的母亲,此时她缩成一团,任泪水流到嘴角边,没有擦拭。接着安托瓦内特站起身,走近了母亲。

"妈妈。"

康普夫人突然从椅子上跳了起来。

"你要干什么?你在这里干什么?"她神经质地叫起来,"快滚，滚，立刻！让我安静一点！现在，在自己的家里，我真是一分钟的安宁也得不到！"

安托瓦内特有点苍白，她没有动，低着脑袋。母亲的叫声在她耳边回荡，脆弱、丧失了一切力量的叫声，就像舞台上的雷声。有一天，也许她会对一个男人说："妈妈要叫，就随她叫去吧……"

她轻轻地伸出手，放在母亲的发间，用清瘦的、微微颤抖的手指抚摸着。

"我可怜的妈妈，走吧……"

又过了一会儿，罗西娜机械地躲开女儿的手，推开她，摇晃着那张痉挛的脸：

"让我安静一会儿，走吧……让我一个人待着，我跟你说……"

接着，她的脸上掠过一种脆弱的、可怜的神情，一副被斗败了的样子。

"啊！我可怜的女儿，我可怜的小安托瓦内特，你真是幸福，你，你还不知道这个世界有多么不公平，多么可恶、阴险……这些嘲笑我的人，他们邀请我，在我背后嘲笑我，他们看不起我，因为我以前不属于他们的圈子，都是些难缠的人……可你还不能够明白，我可怜的女儿！还有你的父亲！……啊！瞧，我只有你了！"她突然说，"我只有你了，我可怜的女儿……"

她把她抱入怀中。由于女儿的脸默默地贴在自己的珍珠项链上，她看不见此时女儿在微笑。她继续说：

"你是个好女孩儿，安托瓦内特……"

就在这个瞬间，在"生活的道路上"，她们彼此交错，一团模模糊糊的光束照在她们身上,一个将从此踏上人生,向前向上,而另一个将渐渐地沉入黑暗。但是她们都不知道。安托瓦内特只是轻轻地重复着:

"我可怜的妈妈……"